サージウスの死神

講談社文庫

サージウスの死神

佐藤 究

講談社

1

いつも通りの日常だった。ただ少しちがったのは、昼食を外に食べにいく時間があったということだけだ。徹夜明けで一睡もしていなかったが、ひさしぶりにパソコンのモニタの前で食事をせずにすむのはうれしかった。

ＤＴＰデザインの会社に入ってから五年間、三日以上のまとまった休みをとったことがない。マンションや健康食品や宅配寿司や求人募集などのチラシが目の前を横切っていく。風俗店のチラシを作って、キャッチコピーも自分で考えたことがある。「寝不足のあなたがばしっと目が覚めるようなやつを作ってくださいよ」風俗店の営業担当は俺にそう言った。その時どんなコピーを作ったのか、もう覚えていない。

　昨夜から今朝にかけて俺は女性誌に掲載するカラーページを作っていた。秋に備えるメークアップ特選情報。それが誌面のタイトルだ。このページを担当するはずだったデザイナーは別にいたのだが、しめきり直前になっていなくなった。この業界ではよくあることだ。仕事が嫌になって逃げたのかもしれないし、どこかで酒に酔って幸せな顔で眠っているのかもしれない。それまでやっていた仕事を終えてソファで仮眠につこうとしていた俺を、先輩社員が叩《たた》き起こした。午前三時すぎだった。モデルの写真や口紅やファンデーションの塗《ぬ》り方などについてのテキストが俺のパソコンに送られてきた。それは俺の仕事になった。秋に備えるメークアップ特選情報。それは俺のような人間にはとても向いている作業とはいえなかった。だが俺がやらなくてはいけない仕事だ。そしてそれは俺の現実だ。現実はゆっくりと俺を蝕《むしば》んでいく。ビルのオフィスでデスクに貼《は》りついて働きながら、少しずつ現実に侵蝕されていく。現実に過去を食われ、現在を食われ、未来を食われる。魂はカネを稼ぎながらゆるやかに腐っていく。

作業の途中で休憩室に行ってタバコを吸った。休憩室に置いてあるテレビに自然物のドキュメンタリーが流れていて、画面には一羽のフクロウが映っていた。野生のフクロウは俺の方をじっと見つめていた。

朝まで作業を続けて、校正や変更は午前十一時半頃に終わった。俺は会社の外へ出た。それから昼食に何を食べようかと考えた。のんびりできて、新聞が広げられるような店、やかましい連中がいない静かなところがいい。俺は信号を渡り、ビルのあいだをゆっくりと歩いた。

額に水滴が当たった。雨かと思って俺は空を見上げた。八月の空はよく晴れていた。ビルの谷間を雲が泳いでいた。俺の左側にある十階建てくらいのビルの屋上に人影があった。人影は柵を越えて、ビルの屋上の縁《へり》に立っていた。その人物は太陽を背にしていて、まったくの影にしか見えなかった。そして、なぜだか俺と目が合った。人影は、まるで空に映った俺自身の影のように思えた。影は音もなく俺の方へ落ちてきた。影はゆっくりと大きくなり、それからものすごい速さで迫ってきた。俺はその場をうごかなかった。ひどい音がして、足もとのアスファルトが揺れた。

路地には誰もいなかった。遠くで消防車のサイレンが鳴っていた。静かな昼だった。俺はしばらくのあいだ、ただそこに立っていた。それからゆっくりと足もとを見た。紺《こん》のスーツを着て、よく磨《みが》かれた革靴を履《は》いた男。夏の熱気を吸ったアスファルトの上にうつぶせになっている。跳《は》ね返った血が俺の鼻の頭にも付いている。

なあ、俺は足もとの男に言った。あんた、俺と目が合ったよな。俺に当たった水滴はあんたの最後の涙なのか？　右側のビルから女の悲鳴がして、やがて路地は騒がしくなった。なあ、俺は足もとの男に言った。生きているとたくさんの痛みがある。死にたくなるのもわかるよ。だけど俺は、あんたがこの世で最後に目にした人間なんだ。だから、せめてあんたの物語くらい聞かせてくれないか。あんたがどんな人間なのかわからないままだと——俺も突然あんたみたいに飛び降りてしまうかもしれない。そういうものだろう？　警察に行って、それからあんたの家族や同僚に聞いてまわって、あんたの話を集めることはできる。ノンフィクション作家みたいに取材するのさ。だけど俺が要求しているのはそんな取材じゃなくて、俺はあんたの口から直接話を聞きたいんだよ。あんたの話を聞かせろよ。俺たちは最後に目が合ったよな？　そしてすぐにあんたはアスファルトの上でぐちゃぐちゃになってしまった。だから俺があんたを殺したも同然なんだ。この気分わかるだろう？　あんたが話をしてくれないと、俺はゆっくり昼飯も食えないんだ。

救急車や警察が到着して、俺は投身自殺の唯一の目撃者として警官に質問された。俺の服に付いた血が目立つので、質問はパトカーのなかでおこなわれた。俺は血だらけでパトカーのなかにいる。ほらな、やっぱり俺が殺したも同然じゃないか。紺のスーツを着た男は即死だった。身分証明書がないので、身元はこれから調べるという。ビルの屋上に捜査員たちが上がっていった。パトカーのなかで刑事が俺に訊《き》いた。「仏さんの側頭部に、三センチくらいの穴がきれいに開いているんだ。落下の衝撃かもしれないが、それにしちゃ穴がきれいすぎるんでね。屋上で誰かほかに人を見なかったか?」

誰も見ませんでした、と俺は答えた。男は自分で飛び降りましたよ。

俺は同僚の仙崎《せんざき》に電話をした。仙崎も今朝には仕事を終えていたが、昼から競輪場に行くと言って会社に残っていた。電話に出た仙崎は、今から競輪に行くところだと言った。俺は事情を説明した。目の前で男が飛び降りたんだ。会社の近くだよ。今はパトカーのなかだ。血を浴びて悲惨なんだ。金はあとで払うから安い服を買ってきてくれないか。サイズはLだ。Tシャツでもトレーナーでも何でもいいよ。そうだ、俺のロッカーのなかにジャージがあるから、それを持ってきてくれよ。黒いジャージだよ。鍵は開いている。上着だけ何か買ってきてくれよ。競輪の邪魔して悪かったな。じゃあ、あとでな。

仙崎はすぐに自転車でやってきた。「通りがかりの店に赤とピンクしかなくてね。いくらなんでもピンクはまずいだろうと思って」

俺はパトカーを出て真っ赤なTシャツを受け取った。タオルで血をぬぐい、シャツを着替えた。ジーンズを脱いでトランクス姿になった。死体を見に集まった野次馬の前だったが、そんなことは気にしてられない。こっちは血まみれなんだ。

「助かったよ」と俺は言った。仙崎は浅黒い顔をした男で、右頬に大きなほくろがある。歳は俺と変わらなかったが、頭髪がうすくなりはじめていた。

「いくらだった」俺は財布を出そうとした。

「金はいいよ。どうせ五百円だったんだ」と仙崎は言った。それから仙崎はアスファルトの血のりの痕《あと》と、ドアが閉められている救急車に目を向けた。「災難だったな、華田《はなだ》」

「確かに災難だ。でも本当に災難なのはあの男だよ」俺は救急車を見ながら答えた。

「あのビルの上からか」と仙崎が言った。

「ああ。太陽を背にして、影みたいだった」と俺は答えた。見上げるとビルの屋上にまだあの影がいるような気がした。

「これからどうする？　仕事はもういいんだろう。家に帰るか」と仙崎が言った。

「銭湯に行きたいね」と俺は言った。「シャワーを浴びたいけど、とても自分の家の風呂で浴びる気にならない」

「俺も付き合うよ。何だかレースに行く気もなくなったしな」と仙崎は言った。

俺は血のついた服を警察に渡して、そっちで処分してくれるよう頼んだ。

「人はみんな死ぬんだな――」自転車を押しながら仙崎が言った。

*

銭湯には数人の老人しかいなかった。俺はシャワーを浴び、髪やからだに石鹸《せっけん》を塗りたくって念入りに洗った。それから湯に浸《つ》かった。俺は湯のなかで腕をさすった。死人の血は洗ったくらいで落ちるものじゃない。死人の血は精神的なものだ。血は温かかった。その温かさは俺の皮膚の上で生きている。皮膚の上を這《は》うもうひとつの血管みたいに。目を閉じると空からゆっくりと落ちてくる影が見えた。あの瞬間、俺は何を思った？　助けようと思ったか？　目を閉じなくてはいけないと思ったか？　降ってくる影をよけなくてはいけないと思ったか？　ちがう。俺はそんなことを思ったんじゃない。この影は俺には当たらない。俺はそう思ったのだ。俺はそう賭けたんだ。

からだが重くなって湯のなかに沈んでいく感覚を覚えた。俺は引きずり込まれていった。呼吸が思うようにできない。俺は自分の力で沈んでいるのか？　ちがう。そうじゃない。だけど、別にそうであってもいいじゃないか。人はいつか死ぬんだから。人はみんな死ぬんだ。俺はさらに深く沈んだ。水だ。ここは水の世界だ。温かい。それは血の温かさだ——血？　冗談じゃない。あの男が死んだのは俺のせいじゃない。俺は湯のなかから頭を突きだして、風呂のへりで大きく息をついた。

「いつまで潜《もぐ》っているのかと思ったよ」仙崎が不安げな顔で言った。

「あまりいい気持ちじゃないな」俺はそう言って風呂を出て、脱衣場で扇風機の風を浴びた。突然に俺が会社で作っていたページのデザインが頭に浮かんだ。秋に備えるメークアップ特選情報。それは俺とは関係のない遠い世界にあるページだった。そして俺はそうなることを望んでいた。俺の住む世界からどこまでも遠ざかることを。人の死は圧倒的なリアリティだった。そして同時に圧倒的なフィクションだった。人は生きている。生きてうごいている。やがて死ぬ。死ねばモノなのか？　死ねばモノなら、生きている人間もモノなのか？　死んだら人はどうなるんだ？

「華田、服を着て少し休めよ」と仙崎が言った。俺は赤いTシャツと黒いジャージを着て、休憩室に行った。

「人が目の前に落ちてくるなんて、普通じゃないよな」缶コーヒーを買ってきた仙崎が言った。「二、三日休んだ方がいいよ。こういうときに無理をしてノイローゼになるんだよ」

「目が合ったんだ」と俺は言った。

「顔を見たのか」

「いや、顔もからだも影になって真っ黒にしか見えなかった。でも確かに目が、合ったんだ」

「そうか――」仙崎はかすれた声で言った。「あんまり深く考えない方がいいよ。どんな人だったにしろ、その人は自分で決めて飛び降りたんだから。一瞬のことだったし、お前にはどうしようもなかったんだよ」

扇風機が休憩室のなかでゆっくりと首を振っていた。休憩室は静かで、扇風機の羽根が回転する他は物音ひとつなかった。扇風機がこちらを向き、機械の作りだした風が俺の湿った髪や額に当たった。俺はなぜかそこに残酷さを感じた。それはまるで密室で処刑されるような感覚だった。

「ギャンブルって楽しいか？」俺はそう言った。そして唐突に自分の口をついて出た言葉に驚いた。それはあまりにも会話と脈絡のない、場ちがいな言葉だった。そんなことを言うつもりはまったくなかった。

「いきなりどうしたんだよ」仙崎は苦笑いしながら言った。

「教えてくれよ。どんな感じなんだ」俺は訊いた。頭の奥に奇妙な熱があった。自分の声がどこか遠くに聴こえていた。仙崎は缶コーヒーを飲み、しばらくたって言った。

「俺の場合は――もちろん自分の思い通りにレースが運んだら、熱くなるよ。からだが震えるくらい興奮する。でも現実ってのは残酷で、その力には俺は勝てないんだろうなあって心のどこかで思ってる。心底勝つと思っているつもりでも、どこかでそう思ってしまうのさ。俺のレベルではね。強ければ勝ち、弱ければ負ける。それだけだよ」

「でも賭けは楽しいんだろう？」

「楽しんでいる奴もいるし、自分を見失いたくてやっている奴もいるし、ビジネスよりもクソ真面目《まじめ》にやっている奴もいる。人それぞれだよ。俺は――よくわからないな。勝ち続けたいけど、そんなことできないし。それにしても何で急にギャンブルのことなんて訊いたんだ」

俺はしばらく考えてから言った。「男の影が俺の上に落ちてくるときに、賭け、い、い、い、い、い、い、い、い、い、というのはこういう感覚なんだろうな、そう思ったんだ。うまく言えないんだけどさ」

仙崎は黙った。俺は缶コーヒーを喉《のど》に流し込んだ。食道を冷えた液体が流れていく感触がした。俺は仙崎のことを気にかけた。俺が知る仙崎は気の小さい男だ。自殺した男の話を聞くのは負担になったかもしれない。そんな話を聞けば誰だって暗くなる。お前に関係のない話ばかりして悪かったな――そう言おうとした時、仙崎が口を開いた。

「華田、今日の夜、ちょっと遊びに行かないか」

「どこへ？」

「カジノに行こうよ」

「カジノ？　非合法だろう」しかし行ってみるのも悪くない。それにこんな目に遭《あ》った日に一人で家にいるなんてあまり考えたくない。

「酒や食い物は全部タダだし、おもしろいところだよ。ギャンブルが楽しいかどうか自分で確かめてみるといい。これからパチンコ屋っていうのもひねりがないからな。二、三万持ってこいよ。それから本屋で、そうだな――ルーレットの賭け方でも調べておくといい。七時に会社の隣のフジイビルの前で待ち合わせよう」

「このままの格好でいいのかな」

「じつに初心者らしい質問だよね」仙崎は笑った。「別にかまわないよ。言っておくけど、ネクタイしめる必要はないから」

2

午後七時を五分すぎた頃、俺は会社の隣のフジイビルに行った。レンガ風のタイルで壁面を張りつめたビルの前に、仙崎がすでにやってきていた。

「本くらい読んだかい」仙崎が言った。俺はビニール袋を持ち上げた。袋のなかには、カジノの代表的なギャンブルについてのルールブックが入っていた。

「ルーレットの賭け方くらいはどうにか覚えたよ」と俺は言った。俺たちはタクシーに乗った。「一万もいるのかよ」タクシーのなかで俺は仙崎に訊いた。

「入場料さ。それに一万くらいじゃ儲《もう》かるものも儲からないし、俺だって昼のレースに行かなかったぶんを取り返すつもりだしね」やがて仙崎がタクシーを停《と》めさせた。俺たちは料金を割勘《わりかん》で払った。

繁華街にあるそのビルの一階はゲームセンターになっていて、騒音に満ちていた。俺は仙崎の後についてゲームセンターのなかを真っすぐ進み、突き当たりにあるエレベーターに乗った。仙崎は七階のボタンを押した。エレベーターを降りるとうす暗い廊下を進んだ。旅行代理店とお好み焼き屋と風俗店があった。仙崎は廊下の奥まで歩いて、店休日の札が下がったドアの前で止まった。ドアには「freeze」と書いてあった。仙崎はドアホンのボタンを押して、名前を言った。しばらくして扉が開き、背の高いやせた男が顔をのぞかせた。男は死んだ魚みたいな目で俺たちを見た。「こっちは連れなんだ」仙崎が俺を指して男に言った。

俺は仙崎に続いて店のなかに入った。たいして広くない店のなかにいくつものギャンブルのテーブルが並んでいて、どれもにぎわっていた。

「ここは普段はバーだけど、水曜日と金曜日の夜だけはカジノになるんだ。もちろん顔見知りしか入れないけどね」仙崎は言った。「現金をまずチップに替えるんだ。ここは二万円が最低金額だよ」

「なるほどそれで二万円か」俺はカジノはもちろん、ギャンブルをやるのもはじめてだったが、それほど抵抗なく——頭の芯がまだ朦朧《もうろう》としているせいもあった——二万円の現金をチップに替えた。

「このテーブルはクラップスをやってる。二個のサイコロを振って出目に賭けるゲームだよ。七の目が出たらゲーム終了だ」

「本に載っていたよ」

「奥の部屋がポーカー・ルームになっていて、好き者が集まっているんだ。あっちのテーブルはブラックジャック」

「それにしてもよくこんな場所を知っているよな」

「ギャンブルを何年もやっていれば自然と耳に入ってくるさ」

「日本ではまだ非合法だろう？　こういう場所はいくつもあるのか」

「地下カジノはたくさんあるよ。外国人が経営する店もあるし。ラスヴェガスほどの派手なカネはうごかないけど、いくつかの地下カジノではすごい額が一晩でやりとりされているらしいね。さて、何か飲もうじゃないか。酒もタダだぜ。この店にはバニーガールはいないけど、まあ最初だし、今日は色気よりゲームに集中だな」

俺たちはビールを頼んだ。ドアを開けた背の高い男が店のマスターらしく、ジョッキにビールを注《つ》いでカウンターの上に置いた。魚のような無表情な目にはどんな感情も表れていなかった。

「ここには結構通《かよ》ってるのか」俺はビールに口をつけて言った。

「たまにね。他にも四、五店の地下カジノで遊んでいるよ。競輪で勝ったときなんかはよく行くな」

「カネが続くのが不思議だよ」

「じつは六百万ばかり借金があるんだ。これは内緒だよ」

俺は驚いて仙崎の顔を見た。「仙崎の人生だから自由だけど、俺を巻き込まないでくれよな」俺は苦笑いしながら言った。

「さっそくルーレットでもやってみようよ」そう言って仙崎はうれしそうに笑った。笑ってはいたが、目の焦点がどことなく定まっていなかった。見たことのない仙崎の表情だった。

俺と仙崎は並んでルーレット・テーブルについた。ディーラーは腹の突きでた中年の男だった。眼鏡《めがね》を掛けて、大人《おとな》しそうな顔つきをしていた。初めて見るルーレットの回転盤《ホイール》は思ったより大きいものだった。それは意外にゆっくりと回転して、アイボリー・ボールを数字の上に運んだ。ホイールの回転音と、アイボリー・ボールが転がる音に、俺は不思議な心地よさを感じた。美しい装置だ――俺はルーレットを見て思った。チップを置く長方形のテーブルも美しかった。ライトグリーンを背景にして、建築物の設計図のような白いラインが走っている。白いラインの枠のなかには、黒と赤の楕円《だえん》が配置され、さらにその円のなかに数字が収まっている。1から36までの数字。それに0と00。赤い楕円にかこまれた数があり、黒い楕円にかこまれた数がある。0と00だけは緑だ。そのテーブルはベッティング・レイアウトと呼ばれていた。デザインをかじったことのある人間なら誰だってクラシカルなゲームの外観の美しさに魅了されるはずだ。単純で、精緻《せいち》で、完璧な形態。まるで結晶の構造を見るようだった。

「0と00があるのは、ラスヴェガス・スタイルのルーレットだ。0と00はディーラーの目で、ボールが止まって、もしそこに誰も賭けていなければ、テーブルの上のチップはすべてディーラーのものになる。確率的には五・二六パーセントだけカジノが有利なんだ。これをハウスエッジと言うんだよ。0がひとつだけのヨーロッパ・スタイルもあるけど、主流はラスヴェガス・スタイルだ」

と仙崎が言った。

一人だけ身なりのきちんとした客がテーブルにいた。アイロンのかかった白いカッターシャツを着た初老の男で、白髪《しらが》混じりの髪をていねいになでつけていた。左手の小指に品のある金の指輪をしていた。物腰もやわらかで、姿勢を正してチップをさまざまな数字の上にすべらせていた。男のうごきは精緻なルーレットという装置の一部のように見えた。赤みがかった照明。タバコの煙。店に流れているジャズの音。そのなかでホイールはゆっくり回転する。初老の男は深みのある目つきでチップを数字の上に置き、時にチップを失い、時に倍にして手もとへ引き寄せる。その光景を俺はずっと眺《なが》めていたい気持ちになった。それはテーブルの上で静かにおこなわれている貴族の狩猟《しゅりょう》みたいな雰囲気だった。

「カジノ・チップをルーレット用のチップに替えてもらおう」と仙崎が言った。ルーレットは複数の客が同じ場所に賭けることができるので、客ごとに色ちがいのチップを持つ。仙崎は三万、俺は一万のルーレット・チップを手にした。俺には赤いチップがまわってきた。仙崎は小声で俺に耳打ちした。「あのじいさんは」それは俺が見ていた初老の男だった。「ここではちょっとした高額賭博者《ハイ・ローラー》だよ。最低でも一ダース賭けしかやらないんだ。もちろん外す確率も高い。カジノにとっては上客だよ。華田、君はまず奇数偶数とか赤黒に賭けて流れを組み立てていくんだ。確率的に二回に一度は当たるから。もっとも腐るほどカネがあるなら別だけど」

「ええと、じゃあ赤に賭けてみるかな。どうやるんだっけ」俺はようやく少し緊張しながら言った。

「赤だね。テーブルの RED と書かれたところにチップを置くんだ」

「確か配当は二倍だよな」

「そう。当たれば一枚のチップが二枚になって返ってくる」

俺は千円分のチップを赤に賭けた。ホイールの上にアイボリー・ボールが落とされた。ボールが落ちてホイールが数回転するまで、客は好きな色や数字に賭けることができる。仙崎はタバコに火をつけて、テーブルの BLACK と書かれた黒い枠にチップを置いた。俺は赤、仙崎は黒。赤が出れば俺は勝ち、仙崎は負けることになる。最後の客がチップを置いた。ノー・モア・ベット、とディーラーがコールした。賭けられるのはそのコールまでだ。テーブルをかこむいくつもの見知らぬ顔がボールの行方《ゆくえ》を見守っている。ホイールの速度がしだいに遅くなる。ホイールが静止に近づけば近づくほど、俺たちが結果へ近づいていく速度は速くなる。ホイールが静止する。初老の客は表情を変えない。化粧の濃い中年の女はため息をついている。似合わない青いサングラスをかけた男は胸のあたりで手をにぎりしめている。このテーブルにいる人間は互いに関心を持たず、それでいて何かを共有している。0と00。1から36までの数字。赤と黒。

ここにあるのは偶然だけだ、俺はそう思った。みんな偶然にテーブルに集まり、偶然でカネを失い、偶然でカネを得て、偶然で時間を埋めようとする。ギャンブルはまるで分割された自殺行為だ。自殺のシミュレーション。そこには破滅へ向かっていく魅力がある。その魅力の中心で美しい装置《ルーレット》が回転している。アスファルトから伝わってきた衝撃と得体の知れない罪悪感がテーブルの上にぼんやりと溶けていくような気がした。すべては偶然なんだ。誰もその銃弾をよけることはできない。

「仙崎、俺はルーレットが気に入ったよ」と俺は言った。

仙崎の手もとにチップが増えていた。よしよし、と仙崎はつぶやいた。俺のことはすっかり忘れてしまったようだった。赤に賭けて、負け。それが俺が参加した最初のルーレットだった。

3

俺はすぐに二万円のチップを失った。仙崎はクラップスやブラックジャックをやり、途中で新たに現金をチップに替えてテーブルにもどり、最終的に二万円の黒字にもどした。俺たちはカネを払わずにビールを飲み、他人のプレイを眺め、パスタやサンドイッチをタダで食べて、freeze を後にした。仙崎はカネをポケットに突っ込んで歓楽街へ消えた。俺は三十分ほど歩いたところでタクシーを拾って、家に帰った。

　その日を境にしばしば仙崎とfreezeに行くようになった。夜中に仕事を放りだして仙崎といっしょに出かけ、五時間近くプレイしてまた会社にもどってきたりした。ほかのゲームも試したけれど俺はルーレットが好きだった。あの装置、そして回転する音やアイボリー・ボールが落下する音を聴くと心が妙に落ち着いた。仙崎に誘われて競輪場にも行ったが、それほど楽しめなかった。俺はカジノの、それもルーレットが好きになったのだ。やがて仙崎がいなくても一人で出かけるようになった。freeze以外の地下カジノはあえて教えてもらわなかった。いくつも場所を知ってしまうと、毎晩出かけて仙崎のように借金を背負ってしまうかもしれない。水曜日と金曜日にしか開かない地下カジノだけを知っていれば、自分をコントロールできるだろうと思った。俺はカジノの常連になったが誰とも親しくならなかった。おしゃべりに行っているわけではないし、カジノにくる人々を愛しているわけでもない。ただテーブルに座ってルーレットにチップを賭けていると心が落ち着いた。それだけだ。しかしそのうちにカジノ通いも長続きするものじゃないことがわかってくる。気づけば俺は三百万近くをカジノで失っていた。朝起きて眠い目をこすっていたらいつのまにか手品みたいにカネがなくなっていた——本当にそんな感じだった。就職してから何となく貯めていた額のほとんどだ。でも預金の残高を見ても俺は特に何も思わなかった。それが俺にはもっと不思議だった。

ある日、少ない残高を確認してＡＴＭを出た俺は、昼飯を食おうと思った。まだ早朝だったが朝飯は深夜にカジノで食っていたので、感覚的には昼飯の時間だった。信号を渡り、ビルのあいだをゆっくり歩いた。ふと上を見上げると、影が立っていたビルがそびえていた。空はよく晴れていて、雲がゆっくり流れていた。賭けだ。俺は強くそう思った。預金のカネを全部失って借金を背負ってみろ。次にビルから飛ぶのはお前だ。もう一人の俺が言った。勝負をやってみろよ。勝ちを食いちぎってこい。

充血した目をこすると、ビルの上から黒い影がゆっくりと落ちてくるのが見えた。

俺は仙崎に電話をかけて、毎日営業している地下カジノを教えてもらった。俺はATMから預金の全額を引きだすとすぐに地下カジノに向かった。カジノ。その場所のことを思うと自然に笑みがこぼれてきた。

俺はあっけなく全額を失った。持っているカネはすべてルーレットに賭けた。俺は借金をして再び勝負に挑んだ。会社には行かなかった。携帯電話の電源も切っていた。仙崎が探しにくるかと思ったけれど一週間近くたっても奴は現れなかった。そのあいだに借金はどんどん膨らんでいった。俺は寝ずにルーレットに賭け続けた。チップが次々にディーラーの方に飲み込まれていった。不思議と腹は減らなかった。水やコーヒーだけを飲みテーブルにかじりついた。そこが俺の住処《すみか》になっていた。敗北に焦《あせ》って泣き叫んでいる自分がいた。そしてホイールが回転しアイボリー・ボールが投げ入れられると心が落ち着いていく自分がいた。それで俺はまた賭けた。今や俺はルーレットの一部だった。無限循環装置。放っておけば永久に回り続ける機械。足りないのはカネだけ。俺の横で静かに泣きだした男がいた。男は茶色のシャツにグレーのネクタイをしめて、俺の隣でずっと賭けていた。男の前にはチップが一枚もなかった。男は額に指先を当てた。それから震えだし、声をおさえて泣きだした。しばらくして男はかすれた声でつぶやきだした。ごめんなさい。男はずっとそうつぶやいていた。やがて男はルーレット・テーブルの監視役《ピットボス》に連れていかれた。さあ——俺は深呼吸をした。勝負はこれからだ。俺はもう水も飲まなかった。空気とカネさえあれば充分だ。ホイールがゆっくりとまわりだした。俺は眼球が裏返りそうな目でホイールを凝視していた。そして自分でもよくわかっていた。もうダメなんだ。もうここでおしまいなんだ。破滅する奴が理性を失うなんて嘘《うそ》だ。それはますます鋭くなって恐怖を浮きぼりにする。これからひどいことになるのがよくわかるし、すべてを失うこともわかる。理性がそれを呼びかける。スピード違反の車に「停まれ」と叫ぶ警察のスピーカーみたいなものだ。スピーカーがでかい音をたてるから集中力を失って、余計ぶざまに叩きのめされる。ちくしょう、理性がどれほどのものだっていうんだ? 俺は死にたくない。俺はここで死にたくないんだよ。飛行機で離陸して気圧がかかったときみたいに鼓膜《こまく》に痛みが走った。両耳が聴こえなくなった。でも耳なんて聴こえなくなったってかまわない。俺にはこの一瞬しかないんだ。俺は回転するホイールを見ていた。黒い影が上から落ちてきた。俺は別に上を見上げてはいなかった。それでも影が落ちてくるのがわかった。影はじわじわとわかれははじめた。水の上に垂らした墨汁《ぼくじゅう》みたいにばらばらになった影が数字の形を取りはじめた。子供が書くような数字。小学生の頃に俺が書いていたような数字。12345678910。数字は空中でゆがみながらゆっくりと落下していった。11121314151617181920。数のあいだを数が通り抜けていった。1が6を弾き、13が4を取り込んで膨らんだ。数の列が竜巻《たつまき》のように回転しながらディーラーの頭の上に流れていった。ディーラーの顔は黒い数字の竜巻きに取りかこまれて蟻《あり》の群れにたかられているみたいに真っ黒になった。数は空中をさまよい、踊り、身をくねらせて、やがてテーブルを貫いてカジノのフロアに落下した。音と衝撃が俺のからだを震わせた。それから小刻みの振動がやってきた。俺の頭蓋骨《ずがいこつ》が震える音がした。頭蓋骨が振動して網膜にかゆみを感じた。耳から血が流れているような感覚もあった。頭蓋骨の空洞のなかに蒼白《あおじろ》い焔《ほのお》が見えた。それは燐光《りんこう》のようにゆらめいたかと思うと銃声のような音をたてて破裂した。頭蓋骨にひびができてそこから蒼白い焔がこぼれだした。歯を伝わって口のなかにも焔が広がった。それはどことなく鉄に似た味だった。焔がゆらめいて26という数字が見えた。

鼻血が出てるよ。俺の向かいに座っていた男が言った。ほどほどにしときなよ。男がそう言って俺の顔を見た。26。俺は頭蓋骨のなかで見たヴィジョンを思いだしていた。26。俺の目の前では男がまだ何か言っていた。俺は目を合わせなかった。目を合わせたらその男に飛びかかってしまいそうだった。この瞬間を邪魔する奴は誰でも殺せるような気分になっていた。本当にそんな気がした。親だろうと恋人だろうとやってしまえる。でも俺は怖かった。男に飛びかかって賭けが中断されてしまうことが怖かった。俺は残っていたチップの全額を26に賭けた。26の一数字賭け《ストレートアップ》。支払い倍率《オッズ》は三十六倍。向かいにいる男が首を振って、そういうのはいけないよと言った。ノー・モア・ベット、ディーラーがコールした。全員がチップを賭け終わっていた。26のストレートアップに賭けたのは俺だけだった。アイボリー・ボールが音をたてて転がっている。ホイールの速度が遅くなる。アイボリー・ボールが静止する瞬間に俺は跳ね返った温かい血の感触を味わった気がした。アイボリー・ボールは26で止まっていた。

4

八月も終わりに近いある日、俺は会社を辞めた。これからの肩書きはフリーのデザイナーにした。数人の知人にはメールを出した。仕事がまわってくるかもしれない。でもフリーのデザイナーなんていう肩書きはうわべだけで、俺はギャンブルで食うつもりでいた。俺にはあきらかにその才能があった。俺は頭、蓋骨のなかに数を飼っている。俺はルーレットという装置の一部だった。ルーレットは俺の頭蓋骨のなかでまわり、ほかの連中はまぬけな顔で燃えつきた数字の灰をテーブルの上で見ている。それでもまだ自分自身を怖れていたからフリーの名刺を作った。俺はまちがいなく狂気に触れている。それどころか俺はもう自殺してしまって狂った夢を見ているのかもしれない。俺は自分を怖れていた。ときどき自分が誰だかまったくわからなくなった。眠りから目覚めると俺は自分自身のご機嫌をうかがいはじめた。支配者はカジノに出かける俺で、配下はしがない市民の俺だった。フリーのデザイナー、華田克《かつ》久《ひさ》。うすっぺらな名刺の紙だけが俺を合法的な社会に結びつけている最後の糸だった。

デザイナーと自称していた俺はまったく仕事をしなかった。ほとんどの日をどこかの地下カジノに入り浸ってすごした。ある日仙崎が俺の前に現れた。浅黒い顔をしかめて、困惑しているような表情だった。「会社を辞めたんだって」仙崎は低い声で言った。「どうして相談してくれなかったんだ」

俺は横に座っていたバニーガールにどこかに行ってくれと言った。話の邪魔になるし、だいたい朝の六時にバニーガールと並んで座っているのは普通じゃない。でも普通って何だ？

カジノには早朝にもかかわらず、昨夜からねばっている連中がかなり残っていた。不況だろうと何だろうと関係ない。それはカネを持っていない奴の数が多いだけの話だ。カネはどこにだってある。

「ルーレットで食えるわけがないだろう」と仙崎が言った。

「食えるさ」と俺は答えた。

「華田、いったいおまえどうしたんだよ」仙崎は立ったままで、腰を降ろそうとしなかった。

「別にどうもしないよ。ただ会社を辞めただけの話じゃないか」俺は仙崎に余計なことをしゃべらないように心がけていた。賭けについての話はいっさい漏らさないことにした。そういうことは誰に教えられるわけでもない。賭けることで転がり込んでくる知恵。

「ギャンブルで食うだって？　無理だよ。まずカジノは非合法だし、そのうちサツに嗅ぎつけられて足もとをすくわれるよ」仙崎が強い口調で言った。

「何とかごまかすさ。そのためにフリーの名刺を持ってるんだ。仙崎、何か仕事があったらたまにまわしてくれよ。安い仕事でいい。簡単なやつがいいな」

そう言って俺は仙崎に名刺を渡した。仙崎は頭をかかえてソファに座り込んだ。

「お前こそこんな朝から何をやっているんだよ」俺は冷えたジャスミン茶を飲みながら言った。

「他のカジノで遊んでいたら、華田がここにいるって耳にしたから」

「ふうん。会社を辞めてしばらくたつけど、辞めてから会うのははじめてだよな」と俺は言った。仙崎は横を通ったバニーガールに「ビール」と言いかけたがアイスコーヒーに言い直した。

「本当のところ責任を感じてたんだ」仙崎は弱々しい声で言った。「俺が華田をおかしくしたんじゃないかなと思って。なあ、華田。俺のせいじゃないよな？」仙崎は嘆願するような目で俺を見た。それはいかにも仙崎らしい態度だった。

「お前のせいじゃないよ。俺が自分で決めたことなんだ」と俺は言った。でも本当にそうなのか？　俺は自分に問いかけた。じゃあ誰が決めたんだ？　不安の針がゆらめいていた。でも俺はけっしてその針に触れないようにした。針には毒が塗ってあるかもしれないし、何かまずいものとつながっているかもしれなかった。

バニーガールがアイスコーヒーを持ってきた。朝の六時だ。十九くらいの女が網タイツを穿《は》いて、ウサギの耳を頭に載《の》っけてアイスコーヒーを運んでくる。人間の欲望は妙な世界を造りだすものだ。でも考えてみれば夜中の三時にメークアップ特選情報のページを作っている世界と、朝の六時にバニーガールがアイスコーヒーを運んでくる世界に大きな差があるとは思えなかった。どちらの世界もニーズがあるから存在している。そしてニーズがあればこの社会においては正しい存在だ。ニーズの上に立って得をする人間になるのか、ニーズの下敷きになってこき使われる人間になるのか、そのちがいがあるだけだ。仙崎はチップをバニーガールに渡した。

「お前、つめがぼろぼろじゃないか」仙崎に言われて、俺は自分の手に目をやった。つめが剝《は》がれていてひび割れていた。

「気がつかなかったな」と俺は言った。

「ヤバいなあ。ヤバいよ、華田」仙崎はアイスコーヒーに口をつけなかった。

「お前こそ調子はどうなんだよ。借金は減ったのか？」俺はつめを見ながら言った。ぼろぼろになっているつめを見ても何も感じなかった。確かに不安はあった。そして無関心がそれを上まわっていた。俺は不安の渦《うず》をただ見ているだけしかできなかった。

「負けがこんでるよ」と仙崎が言った。「——どうにか持ちこたえているってところ」

「俺はあと三回やってここを出るつもりだけど、仙崎もやるか？」と俺は言った。

「俺はいいよ」仙崎はようやくアイスコーヒーに口をつけた。「ルーレットで食っていく男のお手並みを拝見させてもらうよ。聞いた話じゃ、結構勝ってるんだってな。君はギャンブルをはじめてまだ日が浅いし、ツイてるんだろうよ。でもギャンブルはそううまくいかないよ。ツキには波があるからな」

俺はルーレットのテーブルに向かった。手持ちのチップをすべてルーレット・チップに替えた。紫色のチップがきた。

勝ちたいのなら集中することだ。そして理性は取りのぞけ。すべては一瞬だ。ぎりぎりまで集中することだ。蒼白い焔。血みたいな鉄の味。いまなら誰でもブッ殺してやれる。その調子だ。それが必要なことなんだ。勝ちを食いちぎれ。胃が肥《ふと》った両生類みたいに痙攣《けいれん》する。吐《は》き気がする。俺はいつものようにやる。いくつかの数が閃光《せんこう》みたいに闇に輝いている。一瞬だ。そのなかから強い数を選ぶ。組み合わせる。弱い数を削ぎ落とす。すべては一瞬だ。気を抜けば失敗する。いつもの俺のやり方。人間とは不思議なものだ。殺す気でやれば直感がサーヴィスしてくれる。さあ、ブッ殺してやれ。ナイフでも銃でも何でも使え。4、5、7、8の四数字賭け《コーナー》。2、3、5、6のコーナー。29、30、32、33。俺は三回連続でコーナーを当てた。仙崎に俺がはったりじゃないことを見せつけたかった。仙崎はくちびるをきつく噛《か》んでいた。顔色が土みたいに暗くなってそれはどことなくつぶれたトカゲに似ている気がした。みじめな顔だった。こいつに一数字賭け《ストレートアップ》を当てるのを見せつけてもよかったが、俺だってストレートアップはめったに当てられない。

チップを現金に替えて俺たちはカジノを出た。出口のところで俺は札束を仙崎に渡した。チップを現金にしたときから俺は強烈な眠気に襲われていた。自分でも何をしているのかわからないまま仙崎にカネを突きだしていた。仙崎は黙っていた。俺は収穫の半分を追加した。仙崎がカネを見つめていた。

「ひとつ訊いていいか」と仙崎が言った。

「ああ」と俺は答えた。

「イカサマじゃ――ないよな?」仙崎が念を押すようにゆっくりと言った。俺は壁によりかかった。硬いはずの壁がソファのようにやわらかく感じた。このままからだが沈められそうだった。俺は何も答えなかった――いつまで続くのかな、と俺は頭のなかでつぶやいた。それから、何がいつまで続くんだ?と思った。仙崎はカネを受け取った。背中が壁に吸い込まれていく気がした。俺はひどく疲れていた。みじめな暗い顔をした仙崎がくちびるを噛んでいた。

5

俺は家にもどらなくなった。冷蔵庫を開けると食品が腐っていたので、入っていた物はぜんぶ捨てた。食事はカジノですませた。肉類はあまり食べずサラダやパンを食べた。調味料は必要なかった。味なんてどうでもよかった。勝ちはじめてから俺は一日に一食とればそれですむようになっていた。酒はなるべく控えた。ルーレットに没頭しているときに酒を飲むとまわりの話し声が本当によく聴こえて邪魔になる——あいつはゼロ・シャッフルをやっているポーカーイカサマに決まって冗談ぬきにMだって誰がハナダいるよカクテル・ガールがやらせてくれるオプションチラシハナダ慣れてパチンコより目がぎらついた馬鹿クスリ突然刑事が中毒はシャッフル鉄則ドラッグやって追い込んで勝てなかったら最悪ただの馬鹿——疲れがひどくなるとあごが震えだした。氷点下の風に吹かれているみたいに歯がかちかち音をたてた。そうなると俺は席を立ってカプセルホテルに行った。カプセルのなかで二、三時間眠れば震えは治まった。シャワーを浴びてコインランドリーで服を洗濯し乾燥機に放り込む。洗濯が面倒なときはシャツを捨てる。そしてカプセルホテルで販売している安いシャツを買う。服を着替えてソファでタバコを吹かす。そうしていると以前会社で毎晩のようにソファで仮眠していたことを思いだす。他人の記憶のような感覚だがそれでもそうやって暮らしていたときのことは覚えている。あの頃の俺はカネは地面にタネをまいて労働という水をやればそのうち生えてくるものだと思っていた。でも今はちがう。カネは育てるものじゃなくて狩るものだ。カネは自然の恵みじゃない。俺はカジノでVIPと呼ばれる連中を何人も見てきた。奴らは人間的資質ゆえにVIPと呼ばれているのか？　答えはノーだ。子どもでも理解できる話だ。カネを狩るからVIPだ。男の尻をなでてクラップスでカネを吐きだしながら神と宇宙の摂理《せつり》をしゃべり続けるのは五十二歳の禿《は》げかかった整形外科医。そういうのがとにかくうようよいる。そいつらはカジノじゃVIP扱いだ。それだけじゃない、実社会でもVIPだ。カネは人間の資質を押し上げる。カネを持つ人間が才能に満ちた人間だ。発明王エジソンいわく「天才は九十九パーセントの努力と一パーセントのひらめき」。いかした言葉じゃないか？　そう教えておけば哀れな一般市民はその格言の通りに生きるんだろう。悪くない。ライバルは少ない方がいいし。ギャンブルの世界でのエジソンの格言。天才は九十九パーセントの努力と一パーセントのひらめきで生きる馬鹿を狩る。俺はカネは狩るものだということは理解したし、勝つことに徹底してもいた。でもカネの亡者になったわけじゃない。どんな企業家や政治家がテーブルにいてもそいつらより俺が下だとは思うことはない。腹の突きでた家畜が何だってんだ？　俺はカネだけ持っている肥ったかたまりとはちがう。俺は賭けて、そして生きのびることができる。なぜなら俺は頭蓋骨のなかに数を飼っているからだ。何だろうな、この気分？

6

　クラップスのテーブルが一日ずっと荒れていた。ゲームの展開もそうだったし、何よりわけのわからない奴が多かった。そんな日もある。意味もなくわめく奴がいたり、食ってきたものを床に思いきり吐く奴がいたりして騒がしかった。クラップス・テーブルのまわりにはつねに人が群がっていた。でもクラップスで何があろうと俺には関係のない話だ。俺は中国茶を飲み、神経を研ぎ澄ましてルーレット・チップをかき集めていた。つめはぼろぼろになるばかりだった。椅子が引っくり返って大きな音がした。皆がそっちを見た。当然クラップス・テーブルだ。若い男と中年の男が言い争っていた。若い男はゲバラの顔がプリントされたTシャツを着ていた。あごひげを生やしていて二十歳くらいに見えた。中年の方は日曜日の動物園に娘を連れてきた父親みたいな格好をしていて、黄色のシャツがやけに目立っていた。その男がダイスの振り手《シューター》だった。クラップスは客のなかからシューターが選ばれるルールだ。口論はしばらく続いていた。早く殴《なぐ》り合えよ、と俺は思った。やられる前にやってしまえばいいじゃないか？　若い男がようやく中年の男につかみかかった。それはひどくのんびりしたできごとに見えた。クラップス・テーブルの監視役《ピットボス》が若い男を止めようとした。ピットボスはゲームを監視しているだけで別に力が強いわけじゃない。ピットボスは若い男にすぐに振り払われた。中年の男が殴られて床にしゃがみ込んだ。別に吹っ飛んだりしなかった。鼻を手で押さえてしゃがみ込んだだけだった。指のあいだから鼻血がぽたぽたと垂れた。カジノの客たちはそれをじっと見ていた。しゃがみ込んだ男を若い男が足で蹴っていた。俺の視界がぼやけてきて、焦点が合わなくなった。すぐ目の前で起きているできごとなのに目を細めて見なくてはならなかった。床に中年の男が倒れている。誰も助けようとはしない。カジノがカネを払っている害虫駆除業者がそのうち乗り込んできて騒ぎは片づくだろう。若い男は店外に連れだされて金属バットや角材で打ちのめされることになる。男がうごかなくなるまでそれは続く。害虫駆除業者にとっては手慣れた作業だ。そして若い男はいっさい邪魔の入らないもっと静かなところへ連れていかれる。そこから先にどういう目に遭うかはそいつの運しだい。早く害虫駆除が来ないかな、と俺は思った。若い男の悲鳴みたいな叫び声が耳ざわりだった。

近鉄《きんてつ》バファローズの帽子をかぶっていて、そいつはおかしな奴に見えた。そいつは叫び声をあげて暴れている若い男を笑いながらとても楽しそうに眺めていた。見たところ害虫駆除業者ではなさそうだった。カジノでいろいろ変な奴は見てきたが、そいつの雰囲気はかなりのものだった。頭のネジがブッ飛んでしまったような奴。マムシみたいに細い目をしていて、自動車修理工場で仕事を終えたばかりみたいなうす汚れた青いTシャツを着ていた。首のまわりに白い粉を塗りたくっていた。ベビーパウダーでもつけているのかと気になった。黒い帽子の真ん中に銀色で刺繡された牛の角があった。そいつはせせら笑いを繰り返した。三十秒に一度くらいの間隔で突然思いだしたように笑った。たぶん本当にどこかおかしいんだろう。クラップス・テーブルにやってきたその男は、中年男の鼻血がついたダイスを拾って自分のシャツの裾《すそ》で拭《ふ》いた。鼻血はねばついていてきれいに拭き取ることができないようだった。男はダイスを拭いてそれからまた笑った。新しいダイスを持ってきてもらおうよ、仙崎の声がした。近鉄バファローズの帽子をかぶった男の横に仙崎がいるのが見えた。あいつ何時《いつ》ここに来たんだろう。仙崎が俺の方を見たので俺も軽く手を挙げた。仙崎は不思議そうな顔をした。俺はチップを回収してルーレット・テーブルを離れ、中国茶の入ったグラスをもってクラップス・テーブルの方に行った。若い男がまだ中年の男を蹴ろうとしていた。数人の客がそれを止めさせようとしていた。いつ来たんだ、と俺は仙崎に言った。さっきもここで会ったじゃないか、と仙崎は言った。さっき？　ここで会ったかな？　俺は仙崎に訊いた。今日は何曜日だ？　でもそんなことはどうでもよかった。ルーレット、ルーレット、ルーレット。それがなきゃ世界はクソみたいなものだ。世間の仕事なんかどう考えたってクソにクソを塗りたくっているだけ。誰もがそう思っていて大声で言わないだけだ。知り合いか？　と俺は近鉄バファローズの帽子をかぶった男を見ながら仙崎に訊いた。仙崎はうなずいた。薬師寺《やくしじ》というのがその男の名前だった。仙崎とは競輪を通じて顔見知りになった。仙崎はその男のことをヤクシと呼んだ。仙崎とその男は競輪場や地下カジノでよく出くわすらしかった。近鉄バファローズの帽子男の細い目が俺を見ていた。いつもは何をやるんですか、と俺は社交辞令で訊いた。競輪、競馬、スロット、クラップス、ルーレット。聞かなくても答えはもうわかっていた。

「とくにこれというのは」とヤクシとかいう奴は言った。「賭けならだいたい何でもやるよ」

そうだろうな、と俺は思った。こういう感じの奴は何でもやるんだ。ヤクシはしゃっくりみたいにして突然笑った。

「信じないかもしれないけど、俺がびっくりしたのはヤクシがマウスを呑《の》んだときで。生きたまま本当にやったんだ」と仙崎が俺に向かって言った。

「実験用の白い奴なんだけどその気になればできるんだよな」とヤクシが言った。

俺は自分が口を開けて生きたマウスを呑み込む場面を想像してみた。ヤクシの言う通り、やってみれば意外とできそうな気がした。胃壁が引っかかれるのは不安だけど、それが賭けなら何だってやれるんじゃないか？　ヤクシの首すじには白いパウダーがたくさんついていた。ベビーパウダーとか皮膚科の医薬品なのかもしれない。でも別に何だって俺には関係ない。

気がつくと若い男も黄色のシャツを着た中年男もいなくなっていた。床に落ちた鼻血も適当に拭き取られていた。仙崎が床から錠剤の入った小さな袋を拾いあげた。これクスリだよな、飲んでみようかな。クラップスの新しいシューターが決まり、すぐにゲームが再開された。仙崎の提案で俺たちは休んで酒を飲むことにした。カジノの隅のソファに座ってビールを飲んだ。とたんに俺は疲労を感じた。筋肉がきしんで、こめかみがずきずきした。このままソファで眠りたいと思った。カネは仙崎に渡しておこうと思った。やってしまってもいい。こいつが使ってしまったって構わない。カネなんてまた明日手に入れればいいし、俺に重要なのは賭け続けることなんだ。あとは捕まらないことぐらいかな。カジノが合法にならないおかげで俺は勘を無駄に使わなきゃならない。

俺は睡眠薬《ハルシオン》を探した。ポケットを探ってみてもどこにも見つからなかった。いらいらしてきて、すぐにそれは激しい怒りに変わった。俺はそれを何とか押しとどめようとした。それでも怒りの波は胃の底から次々と涌《わ》いてきて俺を飲み込もうとした。それは憎しみにも似ていた。睡眠薬がないと眠れやしない。俺はあれをどこに置いてきたんだ？　グラスを割って自分の頭に突き刺そうかと思った。目の前のソファに座った仙崎が拾った錠剤をいじっていた。それ何かのクスリなんだろ？　俺が飲んでみるよ。どうかな、と仙崎は言った。やめた方がいいんじゃないかな。俺は仙崎の顔を割ったグラスでつぶしてやりたくなった。さっさとよこせばいいのに余計なことを言う奴だと思った。いったいこの怒りはどこから来るんだろう。俺はどうしたいんだろう。抑えようのない怒りに飲み込まれる前に、俺は仙崎の手から錠剤をひったくって飲み込んだ。飲めるのなら何だっていいじゃないか。何か飲んで気をそらせば少しは眠れるかもしれないだろ？

「すげークスリだったらいいな」とヤクシが言った。俺はソファにのけぞり、靴のかかとをテーブルの端に置いた。そうするとからだが少しは楽になった。

仙崎とヤクシが何か話をしていた。「じゃあ明日あたりに採《と》ってくるよ」と仙崎が言った。ヤクシが財布から一万円札を二枚取りだして仙崎に渡した。採ってくるって何を、と俺は訊いた。考えてみれば他人と話すのはひさしぶりだと思った。

「ムカデだよ」と仙崎が言った。

俺はビールを飲んでから訊いた。ムカデ。あの足がたくさんついているやつ？

「ヤクシが集めているんだ」と仙崎が言った。「頼まれたら俺が採りに行くんだ。神社の裏とか。ほんといい小遣い稼ぎなんだよ」

近鉄バファローズの帽子をかぶった男は楽しそうに笑っていた。「ムカデは交尾しないって知ってるか？」ヤクシはそう言ってタバコを吸った。

知らない、と俺は答えた。ムカデの交尾なんて気にしたこともない。

「オスの出した精子カプセルをメスが自分で取り込むんだ。それには深い意味があってさ」ヤクシは得意げにそう言った。「これは俺なりの解釈だけど」ヤクシは吸いはじめたばかりのタバコを灰皿に押しつけながら言った。「神とムカデが戦っているんだ。つまりムカデがあまりに醜いので神がムカデにセックスさせないようにした。そうすれば血は途絶えるはずなんだけどムカデは独自の方法で子孫を残すようになった。そうやって生き残ったムカデはようするに神に戦争を仕掛けているんだよ」ヤクシは酒を飲むのが早かった。カクテル・ガールが運んでくる酒はみんな喉に流し込んでいる感じだった。ひさしぶりに俺は他人と話していた。でもこれまともな会話なのか？

「ここだけの話だけど、ヤクシはムカデの毒のついた針も持っているんだ」仙崎が俺の耳もとで言った。こいつはこういうどうしようもない子どもじみた話が大好きだった。「いつも持っているんだ」

「刺されたらひどいのかな」と俺は言った。

「ひどく腫《は》れるし、痛みもある」ヤクシが言った。ひきつったように笑っていた。「刺されてもずっと冷やしておけば治るんじゃないか？　我慢できなかったらコンビニで抗ヒスタミン剤を買うといいよ。でもそんなのコンビニで売ってないけどな」

7

ソファで話をしているうちに三人で別のカジノに行くことになった。ヤクシの知っている地下カジノがあって、そこはちょっと変わった雰囲気でフロアは広くて結構サーヴィスもいいという話だった。俺の頭はかなりぼんやりしていた。でも話のあいづちを打てないほどじゃなかったし、行ったことのない地下カジノでルーレットをやる気がなくなるほどじゃなかった。ただ周期的にひきつった笑いをするヤクシは俺をかなり不快な気分にさせた。俺はそいつの顔をあまり見ないようにして近鉄バファローズの帽子だけを見るようにした。俺たちはヤクシの車が停めてあるコインパークまで歩いた。黒い車は日本車のようにも外車のようにも見えた。キャデラック。俺の頭はぼんやりしていた。車は日本車じゃないように見えた。これやっぱり最近のキャデラックなのかな？

車体はほこりでひどく汚れていた。ボンネットに鳥の糞《ふん》が落ちていた。雲のあいだでゆがんだ月が光っているのが見えた。ヤクシは車の脇に立って携帯電話をかけ、俺と仙崎は後ろの座席に乗り込んだ。車のなかはわりときれいにされていたが、消火器が四、五本積んであるのが気になった。それに大きめの発泡スチロールの箱もあった。俺は箱のふたをそっと開けてみた。ステーキ一枚分くらいのサイズの冷凍された肉が何枚も入っていて、肉の脇や底にはドライアイスがつまっていた。俺は発泡スチロールのふたを閉めて仙崎の顔を見た。

「商売に使うんじゃないかな」と仙崎は言った。

「肉屋なのか」と俺が訊くと仙崎は首を傾《かし》げた。「ところで近鉄バファローズの帽子はさ、ファンだったたからかぶっているのかな」

「訊いたことないな」と仙崎は首すじをかきながら言った。首すじがとてもかゆいみたいだった。ハンドルは左側にあってやっぱり俺たちの乗っているのは外車だった。俺もそろそろ車を買おうかなと思った。俺はいまだに電車や地下鉄を使っていた。運転席に座ったヤクシがエンジンをかけて、飲酒の検問をよけていくから遠まわりになるな、と言って笑った。車が走りだし、俺は目を閉じて体力を回復させようとして、仙崎はムカデ採集のどうでもいい苦労話をしゃべった。

カジノのドアが見えたとき、俺は歩くのがやっとという感じだった。たぶんさっきの錠剤のせいで嫌な汗がだらだらと流れて足もとがふらついた。目の焦点が合わなくなって、ときどき視界がフラッシュが焚《た》かれたみたいに光った。カジノのドアはもちろんそこでカジノを営業していることがわからないようになっていた。見た目はただのスナックのドアでしかない。地下への階段を降りたところにあるドアの前で、ホストクラブからやってきたような若い二人の男が門前払いにされていた。俺たちはぶらぶらしているふりをして二人の男が追い返される様子を見守り、二人が消えるとすぐにドアに向かった。ヤクシがドアホンに顔を近づけてしばらく話をして、それからドアが開いた。最初はペットショップかと思った。壁いちめんにぎっしりとガラスケースが並んでいた。いろんな種類のヘビやトカゲがそのなかでライトに照らされていた。リクガメやカメレオンもいたし、サソリやクモの入ったケースも混じっていた。じっさいそこはペットショップだった。輸出入が規制されている——ワシントン条約ってやつだ——爬虫類《はちゆうるい》なんかを扱っていた。賭けをやらずに真剣にガラスケースを見ている客も数人いた。ひとつのガラスケースのなかにひどく頭の大きなヘビがいて、ツチノコみたいな奴がいると思って近づいてみると、ちょうどへビが大きくあごを開いて白いマウスを呑んでいる最中だった。ずいぶん夜中に飯を食うんだなと俺は思った。餌《えさ》になる白いマウスがたくさん入っているガラスケースがあった。カジノは盛況でたくさんの客でにぎわっていた。カクテル・ガールは肌にぴったり貼りついた冗談めいたデザインの制服でフロアをまわっていた。ヘビは裂けるくらい大きくあごを開いてマウスを呑み込もうとしていた。規制があるから価値が生まれるんだ、突然俺はそんな学生みたいな青臭いことを考えた。頭がひどくぼんやりしていてそれに汗が止まらなかった。それから俺はまた考えた。規制を抜けたところにはすべての欲望がそろっている。表と裏は同時進行で進んでいる。ワシントン条約だろうと賭博場開帳等図利《と り》罪だろうとその裏側と合わせてひとつだ。そして誰でもその裏側の方を知りたがるんだ。社会の裏側をのぞいて歩くのにはひとつこつがある。そこでは信じがたい行為が数多く行われている。俺はそれを見る。しかしそれを今起きていることだと思わないことだ。そういう考え方は俺の神経を蝕んでいく。俺は少しずつ泥に沈むように罪悪感のなかに沈められていく。いつだって罪悪感が問題だ。よっぽどイカレてしまわないかぎり人間には罪悪感が生まれるようにできている。罪悪感は理性を増長させて瞬間の判断力や直感を鈍らせる。それは賭けにとって致命的なダメージだ。俺はワシントン条約で輸出禁止にされたヘビが白いマウスを呑み込むのを見る。そのとき俺はこう考えなきゃならない。それは今起きていることじゃない。それはかつて起こったことだ。法律の外という場所はつねに過去形だ。光に照らされたときには化石しか残っていない。そこは本当に恐竜の化石みたいな場所だ。バラエティに富んでいて、だけどどこにも生命はない。主役のカネがなければどんなに法律の外に出たってそこは死んだ空間にすぎない。カネが空間を魔術的に変容させる。色とりどりのチップはカネにかぶせられたカラフルなコンドームみたいだ。何色ものコンドームがテーブルの上を行き交っている。男たちや女たちがダイスを投げ、カードを選び、ルーレットを凝視してエクスタシーを待ち望んでいる。欲望はあふれているのにそこでは何ひとつ生まれない。チップの洪水と無精卵の渦。カジノを出る客がコンドームを外すと溜まっていた精液《カネ》がだらだらと流れだしてくる。「ちくしょう」と俺は汗を拭きながら仙崎に言った。「気分が悪くなってきた」

8

フロアにいたサワギクとかいう奴は高級なスーツで包んだからだの上に、干からびた細い顔を載せていた。そいつは俺たちを見つけるとすぐに近寄ってきて名前を名乗った。自分は映像制作会社の役員なんですが、と言った。眼鏡の奥にある安っぽい目玉が充血して濁《にご》っていた。女みたいな男を一人連れていた。サワギクは今夜カジノで派手に負けたせいで、これから女みたいな男の恋人と遊び歩くカネを失くしてしまっていた。サワギクは今すぐにカネを欲しがった。サワギクは自分のつけているブルガリの腕時計を買ってくれないかと言った。どうして俺たちに売りつけようと思ったのかはわからない。仙崎が腕時計を手に取った。ライトにかざしたりしてあちこちから眺め、それからヤクシに手渡した。店長に見てもらえばわかるとヤクシは言った。俺たちはフロアの隅の方に行ってカクテル・ガールに声をかけ、店長を呼びだしてブルガリの腕時計を見てもらった。スーツを着て頭を丸刈りにした肥った男が現れて腕時計を預かると奥に消えていった。再び現れた店長は、本物ですよ、と言った。ところで誰か腕時計いるかとヤクシが言った。華田が買えばと仙崎が言った。俺は目眩《めまい》がしていて時計の話なんてどうでもよかった。買ってもよかったし買わなくてもよかった。俺は仙崎に財布を渡した。財布に入っていたカネはサワギクとかいう奴が提案した金額よりも少なかった。ルーレットで勝って払っちゃえよと仙崎が言った。彼はルーレットがめちゃくちゃ強いんです。サワギクは俺に視線を向けた。ルーレットが強い人間なんてめったにいないですからね。サワギクがそう言っているのが聴こえた。とにかく時計を買ってくれたら助かるんです。ヤクシがひきつったみたいに笑っていた。

ルーレット・テーブルについて数分もしないうちに俺はひどい汗にまみれて激しい目眩に襲われていた。ヤクシは二目賭け《スプリット》を一度当てて十八倍の配当を手に入れ、六目賭け《シックスライン》を四回連続で当てたりして波に乗っていた。仙崎は赤黒や偶数奇数に小さく賭けてチップを増やしていった。ほかの客も小さく当てていて大きな展開はなかった。俺はみるみるチップを失っていった。数字が見えるどころかベッティング・レイアウトさえまともに見えなかった。何に賭けたのかもよくわからなかった。赤と黒と緑と数字がゆがんでそこに割れたタイルみたいな亀裂が走ったりした。なあ仙崎、俺は横にいた仙崎に言った。俺さっき何かクスリ飲んだっけ？　仙崎が何か言った。でも俺には何も聴こえなかった。あちこちから声が聴こえた。汗が流れて口が開きっぱなしになってよだれが流れ続けた。俺はよだれを腕でぬぐっていたがそのうちぬぐいきれなくなったのでカクテル・ガールにタオルを持ってこさせた。タオルで顔じゅうの汗を拭いてそれから口のまわりを覆《おお》うように巻きつけた。よだれはずっと流れ続けた。

何をやっても当たらなかった。俺は座っているのがやっとだった。ヤクシが笑っていた。仙崎も笑っていたしサワギクもその連れの女みたいな男も笑っていた。テーブルにいる人間ぜんぶが俺を気の毒そうな目で見て笑っていた。俺は顔にタオルを巻いてルーレットを続けていた。賭けられる数字は無限にあった。アイボリー・ボールの転がる音が真上や背後から聴こえる気がした。俺はでたらめに数字に賭けた。考えて賭けたつもりでもよく考えてみるとでたらめだった。俺は狩られる対象。銃もなしで市街戦のなかを逃げまわっている一般市民。仙崎が何か言った。テーブルにいる全員が俺を憐れんでいた。顔にタオルを巻いてよだれを流しチップを次々と失っていく俺をあざ笑っていた。テーブルの向かいに変なかたちの椅子がいつのまにか置いてあってそこに黒い影が座っていた。影が椅子に座っていて土のなかから這いでてきたような汚れた眼球がこっちを見ていた。俺は以前ビルの上から落ちてきた男がいたことを思いだした。そのできごとは昨日のことのようにも思えたし少年時代の遠い記憶にも思えた。落ちてくる直前に男と俺は目が合った。男の姿は影になっていてどんな顔なのかはわからなかった。だけどそいつと俺は確かに目を合わせた。その目が俺の前にいた。影はじっとしていて眼球だけがときおり上下にうごいた。でもうごくのはいつも片目だけで一方の目は俺をじっと見ていた。眼球のなかで何かが沸騰しているみたいだった。プップッと小さな音が聴こえてきた。今にも眼球が破裂しそうに見えた。やがて音がやんで眼球が中心からゆっくりと左右に開いた。それは焼けただれた皮がめくれるのに似ていた。その奥に深淵がのぞいていた。影のなかにさらに暗い何かがあった。それを見るな。目を閉じろ。俺はそう思った。まぶたを閉じようとした。でも俺のなかの何かがそれを拒否した。それはこう言った。華田、アレがお前に力を与えたんだ。お前は頭蓋骨のなかに数を飼っているんだろう？　いつそうなった？　なぜそんなことが可能になった？　すべてはアレのおかげじゃないか。アレがコントロールしているんだ。お前が百戦錬磨のギャンブラーみたいに勝てるのはアレのおかげなんだ。お前もわかっていたんだろう？　何だって代償なしに手に入れられるものはない。すべては取引きだ。アレはお前に与えた。今度はお前が奪われる番だ。お前が与えるんじゃない。お前は奪われる側にすぎないんだ。現在と過去と未来が根こそぎ奪われる。お前、まさか無傷で力が手に入るなんて思っちゃいないよな？　頭蓋骨のなかで蒼白い焔が噴き上がった。それはさまざまな数字に変わった、それから音が聴こえてきた。ジギジギ。水のなかにいるみたいに息が苦しかった。ジギジギ。それは俺の頭の皮が内側から剝ぎ取られる音のような気がした。まさか無傷で力が手に入るなんて思っちゃいないよな？　肉が焼けただれる匂いが内側から鼻に流れ込んできた。サワギクが笑っていた。時計買って欲しいんだけどな、とサワギクは言った。

たまらず俺は席を立った。仙崎が驚いた顔で俺を見ていた。俺はサワギクと目を合わせずにフロアを横切ってトイレへ行った。俺は顔に巻いていたタオルを外して白く光る洗面台で吐いた。胃液しか出てこなかった。個室のドアの前で禿げた男と白いドレスの女が抱き合っていた。俺は蛇口をひねって顔を洗った。目の前の鏡を見た。髪が肩のところまで伸びていた。ひげが口やあごを覆っていた。目つきが鋭くて、充血した眼球が熱を帯びていた。こいつは誰だ？　まるで他人の顔みたいだった。俺は鏡に向かって笑いかけた。目の下のくまがコウモリの翼みたいに曲線を描いた。何だか悪霊みたいな笑顔だった。俺は内側から涌き上がってくる力に突きうごかされて鏡に頭を打ちつけた。鏡はびくともしなかった。禿げた頭の男と白いドレスの女が映っていた。もう一度鏡に頭を打ちつけた。額にちょっと傷ができただけ。もう一度鏡に額を打ちつけた。やっと鏡にひびが入って額から血が流れた。もう一度頭を鏡に打ちつけた。衝撃のあとに目を開けると白いドレスの女が俺の足もとに倒れていた。俺の背後から組みついてきた奴がいた。俺はそいつを背負ったまま後ずさりをして壁にぶつけて振り払った。そいつは禿げ頭の男だった。「人殺し!」と男は叫んだ。俺は男のネクタイをつかんで引きまわし顔を壁に叩きつけた。男は鼻から血を流した。俺は男の顔を殴り男の鼻が音を立てて曲がった。血がたくさん流れて床が赤くなった。「助けてくれ」男は泣きながら聞き取るのがやっとくらいの声で言った。俺は男を鏡に叩きつけた。男はうごかなくなった。倒れていた女が這って逃げようとしていた。俺は女を押さえつけて首を絞めた。女はつめで俺の腕を引っかいた。俺は手をゆるめて女に訊いた。「ナイフを持ってないか」女は首を振った。「何か金属でもいいんだ」俺は言った。女は俺の方に手を差しだした。女が手を開くとそこには鍵があった。鍵にはたくさんの数字が書いてあった。510085436それに2130666679。俺は女の首を絞めた。女はうごかなくなった。頭蓋骨のなかで閃光が破裂して火薬の匂いがした。蒼白い焔がゆらめいて床の上は血まみれだった。禿げた男がうつぶせに倒れていた。白いドレスの女が目を開いたまま天井を向いていた。俺は立ち上がって鏡を見た。俺は鏡に笑いかけた。目の下のくまがコウモリの翼みたいに曲線を描いた。何だか悪霊みたいな笑顔だと思った。よく見慣れた俺の顔だった。頭蓋骨のなかで数字が踊った。脳味噌《のうみそ》なんてない。あるのは暗闇と数字だけ。俺は蛇口をひねって水を止めた。禿げ頭の男も白いドレスの女もどこにもいやしなかった。鏡が割れていて俺は額から血を流していた。トイレの白い床は塵《ちり》ひとつ落ちていないように見えた。俺は血の流れている頭にタオルを巻いてよだれをぬぐいながらルーレット・テーブルにもどった。ブルガリの腕時計はヤクシが買っていた。「お前正気か?」と近鉄バファローズの帽子をかぶった男がひきつったように笑った。

9

真夜中から俺は突然白い光のもとに出た。白くてうすっぺらな光。外の世界はいつのまにか昼になっていた。俺は薬局へ行って絆創膏《ばんそうこう》はありますかと言った。薬局の店員は俺の顔を見て絆創膏ではなく布製のテープを持ってきた。消毒をしてガーゼをつけた方がいいですよ、と店員は言った。俺は言われた通りにガーゼと消毒液とテープを買った。カネはぎりぎり足りた。公衆便所のなかで傷に消毒液をつけガーゼを当てて上からテープを貼《は》った。それからビルにかこまれた広場へ歩いていった。広場は若者のカップルや犬を連れている人間でにぎわっていた。俺は広場の石段に腰を下ろした。ビルの壁面の電光掲示板を見たら今日は日曜日だった。

昼間に街に出るのはひさしぶりだった。白くてうすっぺらな光を放っている世界のおかげで、ようやく狂った時間を一周し終えたような気分がした。落ちてきた影とか頭蓋骨のなかの数字とか抑えようのない怒りとか馬鹿げた話ばかりだ。堕《お》ちているよな。俺にはそれがわかっているし、日に日に境界線がわからなくなっているのも感じている。自分が何かよくないものに変わるその瞬間は人間にはわからない。わかる奴はそんなことにはならない。堕ちるのはハードで、そして簡単だ。人ではない何かのかたちになる。よくないものに変わったことにも気づかない。勝ったときには堕ちている。堕ちるのはハードで簡単だ。それなのに勝つのは難しいんだ。さて、俺はどの辺まで堕ちたんだろうな？　ひもにつながれた子犬が俺のところにやってきた。舌を出して近づいてきた。尾を振っていた。俺は手を差しだして子犬の頭をなでてみた。子犬は飼い主に引っぱられて遠ざかっていった。俺は家へもどろうと思った。財布は空も同然だったけれど構わなかった。貸し金庫に預けているカネを取りに行く気もしなかった。だけど家へ帰ってどうするんだ？　俺のなかの声がそう言った。またあくせく働くのか？　広場の中央に自動販売機があった。スポーツバッグを背負った女子高生が自動販売機の前で立ち止まった。女子高生はジュースを買おうとして財布から取りだした硬貨を落とした。コンクリートに落ちた硬貨の音がした。

あの硬貨は表か、裏か、さあどっちなんだろうな？　それを当てるだけでお前の収入の何十何百倍を稼げる世界があるんだ。夢のおとぎ話なんかじゃない。俺のなかの声が言った。それでもお前は日曜日の広場で憂鬱《ゆううつ》になって以前いた世界にもどるつもりかよ？　ちっぽけなカネを大事に抱きかかえて生きるつもりなのか？　結局お前はカモにされてるんだよ。場所代を徴収されて資本主義のテーブルに座らせられているだけなんだ。何もしなければ負け犬のままだ。怯《おび》えればそこでおしまい。またチャンレンジのチャンスがまわってくる保証はない。いつだってこれが最後のチャンスなんだ。わかるだろう？　すべてはカネしだいだ。人生の質はカネの量が決めるんだ。今じゃ共産主義者だってそう答えるさ。カネはカジノにある。カジノには何でもそろっている。カネ、絶望、頂上、勝負、逃亡、勇気、恐怖、混沌《こんとん》。それに嘘と裏切りだってたっぷりある。そんなものをぜんぶまとめてミックスしたゴミ溜めみたいなところ。そこにすべてが埋まっている。そこにすべてがあってすべてがないのならその場所がヴェガスみたいなものなんだ。だってそうだろう？　カジノに行こうが行くまいがもう関係ないんだ。お前がトップとボトムを同時に味わっているのならそこがカジノだ。トップとボトム。勝ったときにはもう堕ちている。ギャンブルをやれ。逃げることなんてできない。コケにされるな。そうなったら終わりなんだ。コケにされるくらいなら殺された方がましなんだ。それなら賭けてすべてを失った方がいい。すべて飲み込め。それがゴミでも光でも内臓の底にまで流し込むんだ。まだ足りない。どんなに頭を使ってもそれ以外にやることを思いつかない。

地下鉄と電車を乗り継いでアパートにもどった。二階にのぼる途中で隣室の老人とすれちがった。「怪我したのか」老人が俺の額のガーゼを見て言った。いや別に、と俺は言った。「仕事の方はどうかね」と老人は言った。まあまあです、と俺は答えた。部屋は残暑の熱気で蒸《む》していた。俺は窓を開けて扇風機をまわした。そういえばエアコンもない部屋だった。俺は目的もなくカネを節約していた頃を思いだした。カネを何に使えばいいのかわからなかった。俺は椅子に座ってパソコンを起動させた。いくつかのメールが届いていた。ひとつは高校時代の友人の辻浦《つじうら》からだった。メールみたよ。フリーになったんだってね。大変だろうけど華田は一人でやっていくって感じだった。俺はまだ同じ会社で会社員やってるよ。ついこの前のことなんだけど営業部長に指名されて、相当驚いた。会社の性格もあるし、たいしたことはないんだけど俺もがんばるよ！　先週昇進祝いをかねてひさしぶりに島野《しまの》たちと飲んだけど華田の携帯にはつながらなかった。で……いきなりなんだけど、俺、結婚するんだ。ちょっとびっくりだろ！　十月に式なんだけどできたら華田に案内状をつくって欲しいなと思って。格式ばったのじゃなくてかわいいやつを頼むよ。イメージはたとえば——

俺はメールを読み終えてタバコを吸った。それからIllustratorを立ち上げた。コピー用紙に下書きをして冷蔵庫のなかに一缶だけあったビールを飲み、俺は結婚式の案内状の制作をはじめた。日時と会場をチェックした。地図も作らなきゃいけなかった。額の傷の痛みはずいぶん治まっていた。パソコンのモニタと向きあっているうちに夜になった。俺は窓の外を見た。蒸し暑い夜がだらしなく広がっていた。何もない夜だった。俺は窓の外を見ながら考えた。ギャンブルでカネは手に入る。だけど俺が欲しいのはカネじゃない。ギャンブルにカネはつきものだとしても俺の目的はちがう。ギャンブルは手段にすぎない。だったら俺はその手段を使ってどこに行くつもりなんだろう。

10

頭のなかに白っぽい霧みたいなものがゆらめいていた。酒を飲みながら何も考えないでゲームをやった。まだルーレットをやる気がしなかった。俺は待つことにした。クラップスをやった。それにバカラやブラックジャックをやった。俺はただフロアをふらついていた。いっきにトップまでのぼりつめてボトムに落ちる。ハイになって飛んだあとはそのぶんダウンが待っている。そうなったらもう耐えるだけ。俺は幽霊みたいな抜け殻《がら》になっている。どうでもいいゲームをやり続ける。毎晩小さな地下カジノで遊ぶ。遊びながら待っている。常連のカジノのひとつで俺は店員に「フラワー」というあだ名をつけられた。華田だからフラワー。ビリヤードとダーツとスロットマシンしかないバーに行く夜もあった。夜明けまで学生たちとダーツをやって俺は四万負けた。俺がカネを払おうとすると泥酔《でいすい》していた女の学生がしがみついてきてはなれなかった。学生たちは彼女を引きはなし俺からカネを受け取って乾杯をした。ルーレットをやったことは？　俺は学生たちに訊いた。おもちゃのルーレットなら、と学生の一人が言った。今度はルーレットで賭けをやりますか？　と学生は言った。俺は店の隅においてある汚いソファで眠った。めずらしく睡眠薬《ハルシオン》が効いているようだった。俺はギャンブルをやってもやらなくても睡眠薬を常用するようになっていた。やがて店の人間に起こされて目を覚ますと外に出た。昼になっていた。俺は近くをふらついた。その街をゆっくり歩いてみるのははじめてだった。大通りの交差点の植え込みの前でアクセサリーを売っている男がいた。その横にはまた別の男が布の上にアクセサリーを並べていた。男は眠そうな顔でバナナを食べていた。俺はむしょうにバナナが食いたくなった。そのバナナを売ってくれないかと言おうと思ったけれどやめておいた。バナナを食べている男の横で二人組がポストカードを売っていた。ポストカードには手書きのものや印刷されたものがあった。それを路面に敷いた布の上に並べているのは髪の長い男とニットの帽子をかぶった女だった。男はグレーのスウェット・シャツをだらしなく着ていた。顔が細くてあごに向かってとがっていた。髪は肩より少し長かった。女は身につけているものをぜんぶ黒にしていた。女は布の上に座っていて、男はその背後で植え込みに腰かけていた。並べてあるポストカードが結構おもしろくて俺は腰をかがめて眺めた。パウル・クレーの『Ｐｌａｔｅ56』にそっくりのデザインがあった。釘《くぎ》で削《けず》ったような文字だけが書かれた黒いカードもあって俺はそれを手に取った。「諸事物ノアラユル価値――ソレガワガ身ニ輝イテイル」と書いてあった。ニットの帽子をかぶった女が「それはニーチェの引用ですよ」と言った。「ポストカードをデザインしたのは私だけど」女は三十歳くらいにも見えたし、もっと若いようにも見えた。哲学者のニーチェ？　と俺は訊いた。そうですよ、と女は言った。そっちは引用ですけどオリジナルの言葉もありますよ。女が指したカードには「聖ナルモノヲ欲望スル、ソレハ純粋ナ悪」と書いてあった。一枚が三百五十円だった。めずらしいカードで気になったけれど買わなかった。髪の長い男が人ごみを見つめてタバコを吸っていた。二人ともまだ十代なのかもしれなかった。俺は立ち上がると並んだポストカードをもう一度見渡してその場をはなれた。突然「トイ・ソルジャーズ」のメロディが浮かんできた。たしか八〇年代にちょっと流行《はや》っただけの曲。それもサビしか思いだせない。どうしてこんな曲が浮かんできたんだろう。

ずいぶん歩いてから地下鉄に乗った。人影はまばらで俺は座席によりかかると頭を窓ガラスに押し当てた。その車両には俺ともう一人の男しかいなかった。男は向かいの席に座った。俺は車両の天井を見ながら「トイ・ソルジャーズ」のメロディを口笛でなぞった。諸事物ノアラユル価値――ソレガワガ身ニ輝イテイル。向かいの席の男が俺の顔を見た。俺は口笛を吹き続けていた。走っている地下鉄が地響きみたいな音をたてていた。俺は口笛を吹くのをやめて男に笑いかけた。口を大きく開いた。歯をむきだしにして思いきり微笑《ほほえ》んでやった。男はすぐに立ち上がって別の車両に行ってしまった。口笛でメロディをなぞりながら俺はやっぱりあのポストカードを買っておけばよかったかなと思った。

仙崎から連絡があって俺は勤めていた会社の近くにあるカフェで仙崎と会った。「最近、運がきている気がしてしょうがないんだ」と仙崎は言った。「でかい勝負をしてみようと思っている」

でかい勝負をしてみようと思っている。仙崎は繰り返しそう言った。で、どれで勝負するんだ？　競輪？　ルーレット？　それなら赤黒に全財産を賭ける一発勝負か？　仙崎は何も答えなかった。「話をひとつもちかけられているんだ」とだけ言った。たぶんこれが俺のラストチャンスなんだ。仙崎はそう言った。ふうん、と俺は言った。自分がマジで弱い男だってこともよく知っているし、と仙崎は言った。嫌になるほどよく知っている。弱くてずるい奴。だからそこから抜けだすためにはもう一度でかい勝負をしなくちゃダメなんだ。仙崎の声を聞きながら紙コップのコーヒーを飲んでいた俺の頭のなかがいきなり逆回転しだして俺はまるで一年前の自分にもどったみたいな気がした。その俺は仙崎に何かを言おうとしていた。でもその言葉が何なのかどうしてもわからなかった。それでも俺は何かを言おうとしていた。俺は紙コップのコーヒーを飲んだ。「トイ・ソルジャーズ」を口笛で吹いた。

11

その日昼すぎに目を覚ましてパソコンを起動させるとまたメールが届いていた。友人から俺を紹介されたという女が「服のショップを開くのでDMを作って欲しい」と書いていた。「パグ犬の顔を背景にレイアウトしてください」

俺はパソコンを消してまた眠った。日が差し込んでいたのでカーテンをしっかり閉めた。蒸し暑い部屋のなかで俺は体を丸めて耳を塞《ふさ》いで眠った。夜になって俺はショップのDMを作り、データを送った。そのあとで小さな地下カジノに出かけた。まだルーレットをやる気がしなかった。俺はじっと待っていた。時間が空いたからちょっとやってみようというのが最悪の負けパターンだ。そういう奴はまちがいなく食いちぎられる。ガソリンを注いで機械のメンテナンスをして静かにチャンスを待つことだ。それは力学みたいなものだ。俺は「ペットショップ」で借りを返すことを考え続けていた。そこはREPTILEとかREPTILIAとかいう名前のとにかくアールではじまる地下カジノで、そこで俺はさんざんコケにされ、笑い者にされた。近鉄バファローズの帽子をかぶった男が俺をあざ笑っていた。俺は借りを返すチャンスがまわってくるのをじっと待っていた。だから「ペットショップ」には近づかないでいた。その夜もどうでもいいゲームをやって勝ったり負けたりを繰り返した。カネを吐きだしていた。意味のないゲームを数時間やり続けて、外の空気を吸うためにカジノを出た。地上を目指して地下の暗い階段をのぼり、街の明かりが見えてきたときに携帯電話が鳴っているのに気づいた。以前勤めていたデザイン会社で今も働いている男からだった。真面目な奴で、とくに会話をすることもなかった。でもその男のことはよく覚えていた。俺は通話ボタンを押した。「華田か」とそいつは言った。「仙崎が死んだよ、知ってるか？」

そいつは沈んだ声で話を続けた。仙崎が死んだ。自殺だったみたいだ。どうやって死んだのかはくわしくはわからないけど、ビルから飛び降りたって聞いた。ほかに何か聞いたか、と俺は言った。そいつは電話の向こうで低い声で言った。何だかわからないけど、あちこち皮が剝がれていて大変だったらしいよ。

俺は自動販売機の横に座ってタバコを一本吸い、それから引き寄せられるようにして以前いたデザイン会社のオフィスに向かった。階段をのぼりドアを開けるとまだ数人が仕事をしていた。時計の針は午前三時をすぎていた。顔見知りの奴もいたし、知らない奴もいた。顔見知りの一人が俺を見て驚いた顔をした。でも何も言わずにすぐ視線をモニタに戻した。俺に電話をかけてきた男が近寄ってきた。俺たちは休憩室のソファに座って話をした。「突然警察から電話があったんだ」とそいつは言った。「そういう人物が会社にいるかどうか確認して欲しいと頼まれてさ」

「仙崎は会社に出てきていたのか」と俺は訊いた。

「昨日も出てきていたんだ。それで明け方に帰った」

「どんな様子だった？」

「みんな忙しかったからな、変わったところなんて気づかなかったよ」

俺はソファにのけぞって天井を見つめた。蛍光灯のひとつが切れかけていてちかちかと点滅していた。

「家の人から会社に連絡があったら、出れる連中はみんな通夜《つや》に行くようにしているよ。華田にも連絡しようか？」とそいつは言った。

俺は黙ってタバコを吸った。仙崎の通夜に出かけるイメージがどうしても持てなかった。俺はその場所にいないだろうと思った。タバコを吸い終えて俺は仙崎のロッカーの前に行った。ロッカーの鍵は閉められていた。俺が以前使っていたロッカーはまだ誰も使っていないみたいだった。「華田」のネームが差し込まれたままになっていた。俺はロッカーを開けてみた。扉がスムーズに開き、空っぽの暗闇のなかに何かの固まりが見えた。俺は手をのばしてそれをつかんだ。それは折りたたみタイプの携帯電話だった。その電話は赤いスプレーで雑に塗りたくられていた。赤く塗られたすき間からもともとの黒いボディがのぞいていた。俺はロッカーのまわりに誰もいないことを確かめて、携帯電話の画面を見た。送信されていないメールが表示されていた。

華田。やっちまったよ。なんだかひどく疲れて、からっぽになった。おれは消えるよ。おふくろに会ったらギャンブルのことは黙っておいてほしい。でも、勝つってどういうことなんだろうな?

12

部屋でじっとしていた。壁にかけたアナログ時計の針の音が聴こえた。ときどきタバコを吸って、ペットボトルの水を飲んだ。仙崎のことを考えた。仙崎の残していった携帯電話を俺はまだ持っていた。俺は小刻みに震えていた。ときどき歯がかちかちと鳴った。ルーレットをやれるテンション。機械が回転しながら加速をかけていくように力が蓄積されていった。その力は確実で機械的なものだった。仙崎の自殺さえその力の養分になっている気がした。仙崎の自殺は俺をルーレットへと突きうごかす機械の回路とつながっていた。ビルから飛び降りた仙崎の砕けた骨や剝がれた皮はその機械にどんどん取り込まれていった。じっさいそれは怖ろしい感覚だった。その機械は何もかもを取り込んでいった。俺は歯をかちかちと鳴らして震えていた。俺は黙って座っていた。部屋のなかは静かだった。つめがぼろぼろになっていた。ところどころ尖《とが》っていたり欠けたりしていた。俺はゆっくり立ち上がってつめ切りを探した。テーブルの上や引きだしのなかを探してみたがどこにもつめ切りは見つからなかった。机のなかに昔買ったウェンガーのポケット・ナイフがあった。俺はその小さなナイフを取りだして左手のつめを削った。それはなかなかいい感触だった。左手のつめの手入れを終えてナイフをポケットに入れた。

貸金庫で全額を取りだしてから「ペットショップ」に行った。ドアホン越しにカジノの人間と話したが俺は入れなかった。俺は仙崎の置いていった携帯電話からヤクシの番号を探して電話をかけた。しばらくたってヤクシが電話に出た。華田だよ、俺を覚えてるだろう？　と俺は言った。事情があってあいつの携帯は今俺が使ってるんだ。ああ——あのイカれた奴か、とヤクシは言った。あのカジノの前に来ているんだけど入れてくれるように頼んでくれないか、と俺は言った。爬虫類のペットをたくさん売っているカジノだよ。お前一人か、とヤクシが言った。一人、と俺は答えた。ヤクシは少しのあいだ黙っていた。そのあいだにカジノにスーツを着た三人組が入店していった。俺もいっしょに入ろうかと思ったけれど、追いだされるのは目に見えているのでやめた。俺はヤクシの次の言葉を待った。特別に取り次いでやるよ、とヤクシが言った。でもあとで紹介料はもらうからな。

よかったら俺のゲームを見に来いよ、と俺は言った。それから俺は笑って電話を切った。

ルーレット・テーブルに座った。最初は21。俺はストレートアップで三十六倍の配当を手にした。次は5だった。ルーレットのディーラーが交代した。交代したって何も変わらない。俺は頭蓋骨のなかに数を飼っていた。調子は最高だった。俺はディーラーがホイールをまわす前からチップを30に置いた。ここでわざわざ30を出せばカジノ側は自殺するようなものだ。自殺。いつか死ぬんだったら何をやったっていっしょじゃないか。なあ、仙崎？　ディーラーがホイールをまわした。数回転したところで最後の客が賭け、ディーラーがノー・モア・ベットのコールをした。アイボリー・ボールが転がり続けているあいだディーラーは落ち着いているような顔をしていた。でも俺が笑いかけるとすぐに目をそらした。アイボリー・ボールは30に止まった。ディーラーは息を止めて歯を食いしばった。俺の頭蓋骨のなかで竜巻みたいな音がしていた。振動が歯の先端にまで伝わってきた。次に俺は26に賭けた。「26を出してみてくれ」と俺は言った。「勝ちたいんだ」

ディーラーはまだ無表情を装っていた。そしてボールを盤に転がした。ほかの連中も身を乗りだしてアイボリー・ボールの行方を見守っていた。ボールは26に止まった。客の一人がテーブルを蹴り飛ばした。イカサマじゃないか、とその客が叫んだ。その客はディーラーにつかみかかって、別の客は俺をあれこれと激しくののしった。俺は笑っていた。頭を丸刈りにした肥った店長がやってきて客をなだめた。近鉄バファローズの帽子をかぶった奴もやってきていた。ヤクシは笑いながら俺を見ていて、俺もにやにや笑っていた。

「イカサマだよ」と客が言った。「この男が出せと言った数字をディーラーが出したんだ」

でもそれはまちがっていた。ディーラーはイカサマをしていないんだ。ただ、俺が言った数字を出しただけなんだ。

「まれな偶然ですよ」と肥った店長は言った。「当方は一切のイカサマはしておりませんし、そちらの方もディーラーへのそういう言動は控えていただきたい」

それでも数人の客がまだごねていた。「ディーラーを交代させますのでどうかゲームを続けていただけませんか」と店長は言った。

ヤクシがポケットから札束をのぞかせていた。「カネが欲しいんなら黙って楽しめばいいんだよ。チャンスは平等に転がっているんだから」そう言ってヤクシは客に笑いかけた。こいつは店側の人間なのかな？　でも俺にとってはどうでもいいことだ。近鉄バファローズの帽子男の威圧感に呑まれて客たちはしぶしぶテーブルにもどった。ほかのゲームのテーブルに行く客もいた。俺と同じ数に賭けようとする若い男が一人いて、俺はわざと狙いを外したストレートアップに賭けてやった。哀れな若い男は手持ちのチップのほとんどをその数に賭けた。次のベットのときにはそいつはテーブルから姿を消していた。ディーラーがホイールにボールを落とした瞬間に、俺はリミット限界のチップを18に賭けた。俺の向かいにいる客はくちびるに指を当てて、まるで自分の賭けのように緊張している様子だった。フロアをうろついていた客がルーレット・テーブルのまわりに群がってきていた。騒々しい連中が見守るなかでボールは18に入った。倍率は三十六倍。アタッシュケースに入り切らないくらいのカネを俺は数十秒で手にした。蒼白い焔が噴きあげ、頭のなかで皮が焼ける匂いがした。ディーラーは目を見開いて俺を見ていた。次の勝負もリミット限界のチップを賭けた。アイボリー・ボールは俺が賭けた数に入った。ディーラーが目を閉じて首を振った。

13

ディーラーがルーレットをはなれていった。興奮した客の一人が俺に握手を求めてきた。俺は手を差しださないでにやにや笑っていた。「少し飲まないか？　別に酒じゃなくてもいいんだ」とヤクシが言った。それにしてもこいつは何なんだ？　俺はヤクシの目をじっと見た。俺はこの男をもうヤクシなんてあだ名で呼ぶ気がしなかった。こいつの本名は薬師寺だったな。近鉄バファローズの帽子をかぶったイカれた奴だ。

「なあ、薬師寺」と俺は言った。「お前このカジノの人間なのか」俺がそう言っても思った通り薬師寺は笑っているだけだった。たぶんこいつからは笑うという要素が欠落してしまっているんだと俺は思った。だからいつも笑っているんだ。あるいはこれがこいつなりのパフォーマンスなのかな。でもいちばん確実なのはクスリ。そうでも思わない限りこいつを見るたびにいらついてきてしょうがない。客じゃない機嫌の悪そうな数人の男たちが俺を見ていた。これだけ派手に勝てばこういうことにもなるに決まっている。俺は状況を理解して、そしてそれもおもしろいなと思った。ぜひやってみてくれ。殴りたいだけ殴ってくれ。魂を削り取ってみてくれよ。影が俺の血管にすべり込んでくる。俺を突きうごかす機械は回転し、落ちてくる影を取り込み、飛び散った肉の破片を嚙み砕く。蒼白い焰が見えて血と鉄の味がする。俺は薬師寺の後についていき、フロアを横切ってカジノの裏にある別室のなかに入っていった。部屋には男が二人いた。週の半分はウェイト・リフティングで汗を流しているみたいな感じの奴。男たちはこれといった表情も浮かべずにただ俺を見ていた。俺は安っぽいパイプ椅子に座らされた。部屋の中央にはスチールのテーブルがあった。

何が何でもカネをつかみたがる奴っているだろう、男の一人がそう言って困ったような顔をした。それはこっちの仕事なのに、どうしてそんなことをするんだろうな？　そっちはギャンブルをやって、こっちは商売をしているんだよ。魚を釣るのはこっちの仕事なんだ、と男は言った。ついこの前も手の込んだイカサマをやろうとした女がいてさ、まだ若い女だよ。大学院で経済とかそんなことを勉強しているとか言って、話を聞いてみると頭もよくて感じのいい奴だった。当然出入りはもうできないけど、まあ、帰らせてあげようと思ったんだ。でもその女は、イカサマをやろうとなんてしてませんってずっと言い続けるんだ。まるでこっちに責任があるみたいなことを落ち着いて長々と言いだしたんだよ。男はそう言って首を傾げた。あんなに頭がいいのにどうして世間の仕組みがわからないのかな？　それに釣りもやったことがないんだろうな。くわえた針を外さない魚がいたら誰だってばらして外す。それは釣りだからしかたないんだ。そんなこともわからないのが不思議だったよ。

「イカサマはやっていないんだ」と俺は言った。水が飲みたくなった。それは胸をしめつけるような激しい渇きだった。

イカサマとかそういう問題じゃないな、ともう一人の男が言った。それはどうでもいいんだ。わかるよな？　男は少しだけ厚みのある封筒をスチールのテーブルの上に置いた。これを持って家に帰れよ。それでじゅうぶん遊べるはずだ、と男は言った。

「カネはどうでもいいんだよ」と俺は言った。こういうところで引き下がったらおしまいなんだ。それはコケにされているのと何も変わらない。絶対に引き下がらないことだ。一度そうしてしまえばそれはしみのようにこびりつき、内側から俺を侵蝕する。堕ちるのは簡単だ。そして堕ちてしまえば元いた場所に戻るのは計り知れないほど困難だ。だから勝ったぶん全額をきちんともらっていくのが当然だろう？

タダで帰すとは言ってないし、封筒にはそれなりの額が入っているよ、と男が言った。俺たちもお前のイカサマに引っかかったんだからな。それにしてもお前、いっ、いっ、いっ、いったいどうやったんだ？

薬師寺は部屋の隅に置いたパイプ椅子に座り、俺と男たちのやりとりを笑いながら見つめていた。俺は激しい渇きを覚えていた。喉が焼けつくような感じもした。「何か飲み物をくれよ」と俺は言った。男が首を振って、お前には何もない、と言った。俺は立ち上がってスチールのテーブルの上に置かれた封筒をつかむとそれを引きちぎろうとした。男が大声でののしりながら俺につかみかかった。顔を殴られてそれから腹も殴られた。殴られるというのは大きな波に呑まれているような感じだ。コントロール不能の状況に投げ込まれて、息ができなくて、襲ってくる衝撃にただ耐える。痛みは後からやってくる。賭けろよ、俺のなかの声が言った。この男はあとどれくらい俺を殴るんだろう？　後頭部をかたい革靴の底で蹴られたところで暴力は収まった。俺はしばらく年寄りみたいに情けなくうめき、それから頭をかかえてゆっくりからだを起こしてパイプ椅子に座り直した。引き下がるわけにはいかないんだ、と俺は思った。これはカネの問題じゃないんだ。とにかく喉が渇いていた。あまりにも渇きが激しくて頭がどうにかなりそうだった。俺はポケットに手を突っ込んだ。ウェンガーの小さなポケット・ナイフがあった。俺はナイフを取りだして刃を開いた。男の一人がそれを見て上着の内側から太くて重そうなナイフを取りだした。でも俺は男と争うつもりはなかった。俺はただ喉が渇いていた。俺はウェンガーのポケット・ナイフの刃を左手の薬指の付け根に当てた。別にどの指でもよかったけれど何となくその場所にした。付け根をナイフで切ると傷口の裂け目が開いてすぐに血があふれてきた。俺は口をつけて血を飲んだ。それで喉の渇きを癒そうとした。それは明快で力学的な行動に思えた。ナイフを出した男が俺を見て床に唾《つば》を吐いた。もう一人の男が小声で何かをつぶやいた。

「ハセガワさんを呼んできたらどうだ?」と薬師寺が言った。「たぶん気に入るよ」

部屋に入ってきた男の年齢は五十歳くらいに見えた。あるいはもっと年をとっているのかもしれない。長身でやせていた。白い開襟シャツと黒いスラックスを身につけていた。どれも高級なもので清潔でしわひとつなかった。ひもつきのよく磨かれた黒い革靴に静脈の浮きでた白い素足を差し込んでいた。スキンヘッドにわし鼻。顔全体が紙粘土めいた感じだった。眉がうすくてあるのかないのかわからなかった。紙粘土でできた頭蓋骨の底からのぞいているみたいな目がこっちを見ていて、その顔は安っぽいホラー映画に出てきそうな感じだった。それでも薬師寺よりはまだましな男に見えた。白い手はやわらかいトカゲの腹に似た皮膚をしていて、湿っている感じがした。長い指でスキンヘッドの頭をなでまわしながら男はパイプ椅子に座った。

俺は左手の薬指の付け根に口をつけて血をすすっていた。「血を飲んでいるの?」とスキンヘッドの男が訊いた。男は脇に青いファイルをかかえていた。男は首を左右に曲げて咳《せき》をした。それから大きくため息をついた。「僕もまだからだの具合がよくないんだ」

「ハセガワさんだよ。ここのオーナーのハセガワさん」と薬師寺が言った。ハセガワと呼ばれた男が青いファイルをスチールのテーブルの上に広げた。それから手まねきをして俺を呼んだ。青いファイルにはA4判の白黒写真がぎっしりとつまっていた。

「僕は動物のモノクロ写真が好きなんだ」とハセガワは言った。ハセガワはファイルをめくり、一枚ずつ動物の写真を指さして名前を言いはじめた。ニワトリ。ペンギン。キリン。犬とその飼い主。オランウータンの子ども。象。ワニ。スイギュウ。それからハセガワはタバコをくわえて火をつけた。マリファナの煙の匂いがした。ハセガワは煙を吸って数回咳き込み、白くて湿っている感じのする腕で顔をこすった。ポケットに入れていた仙崎の携帯電話が鳴った。電話を取れよ、と薬師寺が言った。俺は赤いスプレーが塗りたくられた仙崎の携帯を開けた。画面に薬師寺の名前が表示されていた。

「仙崎が死んだって？」と薬師寺は言った。「女に捨てられたか、それとも派手な借金でも背負ったんだろうな」

「何か知ってるのか」と俺は言った。「あいつはどんな勝負をやったんだ？」

「俺は側《そば》で見ていたよ。でも止めなかったし、止める気もない。俺がそんなことする奴に見えないだろ？　カネがあるのならやったらいいんだ。ギャンブルをやらなくても毎日たくさん人間が自殺しているんだしな。気にするな。枯葉が落ちるようなものじゃないか」

「動物の写真はどうだった？　気に入ったかな」とハセガワが言った。俺は何も答えなかった。目の前にいる連中が仙崎を殺したような気がしていた。気にするな。枯葉が落ちるようなものじゃないか。「アハハ。やっちまえよ、薬師寺」と突然にハセガワが言った。

頭に激しい衝撃が走り視界が揺れて俺は床に前のめりに倒れた。薬師寺が俺の顔を蹴《け》った。それから俺を引きずり起こした。それはものすごい力のように思えた。薬師寺が何か丸いかたまりを俺の口のなかに押し込んだ。「手品だよ、華田」薬師寺はそう言って笑った。鼻からだらだらと流れてくる血がすぐにくちびるまで届いた。俺は口に入れられたかたまりを取りだした。プラスチックでできたおもちゃの眼球。これ、そうだよな？

「人間なんて死んでもかまわないんだよ。死んだ人間よりうごいたカネが重要なんだ。カネは図で人間は地だよ。人間はいつだってカネの方に目がいくものなんだ」とハセガワは言った。誰かがタオルを持ってきた。俺はタオルで鼻をかむようにして血をぬぐった。「華田、君のギャンブル観を聞かせてくれないか？　君がイカサマをしていないのは僕にはもうわかるんだ。君は賭けについてどういう考えをもっているんだ？　どういうスタイルがあって、どういうリズムでうごいているんだ？」

俺は倒れたままハセガワの言った言葉について考えた。ギャンブル観。俺にはその答えがないように思えた。ギャンブル観なんてなかった。深淵からやってきたみたいな郵便物を受け取って封を開けたらそこにルーレットのテーブルがあった。俺がここで鼻血を垂れ流している理由はただそれだけ。それだけかもしれない。

「ギャンブルは人間の心をえぐりだすんだ。えぐりだされたものはたいてい卑しくて醜いもので、それは悪臭を放っているヘドロみたいなものだ。それはそれでいいんだ。でもそれ以外にもいろんなものが現れてくる。この世界で発見されていない物質は人間の心のなかに埋まっている。それをえぐりだすのは宗教でも科学でもない、ギャンブルだ」とハセガワが言った。

「35」と笑いながら薬師寺が俺に向かって言った。「何の数字かわかるか？」

俺はあふれてくる鼻血をタオルでぬぐっていた。ハセガワは煙を吐きだしながら何もない壁の方を見ていた。

「昨日の交通事故死者の数だよ」と薬師寺が言った。

「それは君のギャンブル観なのかな」とハセガワが言った。

「そうとも言えますよ」薬師寺はジーンズのポケットからトランプを取りだした。それからカードをシャッフルした。「ダイヤの7。ハートの6。スペードのクイーン。ジョーカー」薬師寺はカードを次々と当て、スチールのテーブルの上に投げ捨てた。「偶然と死。それがギャンブルの本質です」と薬師寺は言った。

「でも、それはギャンブラーが狙っているものとは正反対なものだよ」ハセガワが楽しそうな声で言った。ハセガワの頭はやっぱり紙粘土でできているみたいに見えた。

「正反対のものに真実がありますよ。そして偶然と死に勝てるものは誰もいないんです」

「それなら薬師寺君はどうしてギャンブルをやるんだ」

「カネに興味があるからですよ」

ハセガワは目をぎょろぎょろとうごかして俺の方を見た。「もっともな答えだね。でもカネで何を手に入れる？　女？　それとも贅沢な生活？」

「これでも女にも生活にも不自由してないんですよ」

「じゃあ、カネを何に使うつもりかな」とハセガワはゆっくりした口調で言った。

「偶然や死は目に見えません。あるのは結果だけです。ギャンブルをやっても偶然や死のやりとりはできません。偶然はゲームの外にあるもので、死はいつだって他人の死です。でも本来ギャンブルでやりとりするのはそういうものだと俺は思いますね。偶然と死、この怪物に手綱《たづな》をつけようとするんです。だけど誰もこの怪物を見ることはできない。そこでカネの力が必要になるんです」

「僕はこういう話は大好きだよ」ハセガワが細い指でスキンヘッドの頭をなでた。

「偶然や死が通過した痕跡を人間はカネによってだけ見ることができるということですよ」

「だから君はカネを集めるわけか。でもその先に何があるんだ」

「それはまだ俺にも見当がつきません」薬師寺はタバコに火をつけた。「カネには謎があるんです。なぜ偶然と死の痕跡をカネが表示できるのか。これを考えているギャンブラーなんて会ったことがありませんね。考えているやつがいるとすればイカれた経済学者くらいですよ。個人的な話ですが、俺が歴史上でいちばん頭の切れるギャンブラーだと認めているのはマルクスなんです」

「それは愉快だ」ハセガワは笑った。それは枯葉が砕けるみたいな音だ。「マルクスを愛好する君がギャンブルでカネを集めているんだから。君にとってカジノは趣味と実益、それに理想と現実を兼ねた実験室というわけなんだね」

薬師寺が俺の方を見た。「偶然に少しでも刃向かう気なら、この男みたいに頭蓋骨のなかに数字を飼うことです」

「それはすばらしい才能だよ。でも数字では死に対抗できない」とハセガワが言った。

14

心臓の鼓動に合わせて痛みが鼻を襲ってきた。血はたぶんもう止まっていた。痛みのせいで視界がぼやけていた。ハセガワは白い指でスキンヘッドの頭をなでた。それから俺の顔をじっと見た。「ブラッドステインしないか」とハセガワは言った。ハセガワは側に立っていた男に目を向けた。男が部屋を出ていき、すぐに丸刈りの肥ったカジノの店長が空のガラスの水槽をかかえてやってきた。店長は水槽をスチールのテーブルの上に置いていった。次に店長は青いバケツを二つ持って現れた。店長がバケツの水を水槽に注ぐと水といっしょに赤みがかったオレンジ色の魚がすべり落ちてきた。店長はバケツの水をもう一杯水槽に注いだ。魚は三匹いて、それぞれ水のなかをうろうろしていた。店長は飛び散った水を拭き取り、それから小さなナイフと二個のダイスをテーブルの上に置いた。

「子供じみた遊びなんだけどこういうのがおもしろいんだ」ハセガワはそう言って店長が持ってきたナイフで手のひらを切りつけ、傷口が開いてそこからカーテンが垂れるみたいに血が流れだした。「君もさっきこうやって自分の皮膚を切ったんだろう？　だったらこのゲームも気に入るよ」血はハセガワの手首まで流れていた。俺は鼻の痛みをこらえながらぼんやりした視界のなかに映っている目の前の光景を見ていた。

「知られているほど獰猛《どうもう》な魚じゃないんだ」ハセガワは水槽のなかのピラニアを見ながら言った。「でも力はかなりある。それにいきなり突っ込んでくるんだ」

バケツから移されたばかりの水がガラスの水槽のなかでゆらめいていた。魚の大きな目はどこかユーモラスな感じがした。「これはブラッドステインというゲームで、相手は別にピラニアでなくたっていいんだ。トカゲとか飢えたネズミなどでもちょっとしたスリルが味わえるし、これをやると目が覚める。徹夜で遊んだ朝なんかに僕はよくこれをやった。目が覚めるからね」

ハセガワは二個のダイスを振った。2と5。「七秒だ」ハセガワはスキンヘッドの頭を細い指でなでて頭を左右に激しく振った。それから何の気負いもなく水槽に手を入れた。小さな水槽のなかに赤い液体が霧みたいに広がっていった。赤い霧のなかをさまよっていた一匹が突然向きを変えてハセガワの手に食らいつくのが見えた。ハセガワが手を取りだすと傷口のところには二匹のピラニアが食いついていた。「アハハ、ついてないな」ハセガワはかすれた笑い声をあげた。「これだからギャンブルを引退したんだ」ハセガワはピラニアが食らいついた手を店長に差しだした。店長はナイフを持って慣れた手つきでピラニアの延髄をえぐり、あごをハセガワの手から引きはなした。

「さあ次は君の番だよ」とハセガワが言った。別の水槽が用意されてそこにも同じ魚が水中をうろついていた。薬師寺はもう手のひらをナイフで切って自分の番が来るのを待っていた。俺は自分のウェンガーのポケット・ナイフで手のひらに傷をつけた。手の痛みよりも鼻の痛みの方がひどかった。俺は立ち上がってテーブルの上のダイスをつかんだ。スキンヘッドの男が目をぎょろつかせて俺を見ていた。馬鹿みたいな状況になっていることはよくわかっていた。じっさい腹をかかえて笑えるくらいイカレていた。でも水槽に手を突っ込まないで逃げだすつもりはなかった。そんなことは不可能だ。もうゲームははじまっていて、俺を突きうごかす機械は作動しはじめていた。コケにされるくらいなら殺された方がまし。誰だってそう思うだろう？　タオルで鼻を押さえながらダイスを振った。5と6。十一秒。

15

アパートの蒸し暑い部屋で眠っていて夢を見た。夢のなかでハセガワと薬師寺の声がした。二人は何かをずっとしゃべっていた。俺は手をナイフで切ってピラニアのいる水槽に突っ込んだ。手はあっという間に白い骨になった。起き上がると鼻に当てていた保冷剤を冷凍庫に入れて、水道水で軽く顔を洗った。数日冷やし続けていた鼻の具合はかなりよくなっていた。でも鏡を見るとまだ青黒いあざが残っていた。現実に魚に食いつかれた左手の親指の包帯を巻き直した。それから外へ出た。日射しがとてもきつかった。大きな雲の群れが空をただよっていた。地下鉄を乗り継ぎ、俺は二人組がポストカードを売っていた街で降りた。二人は同じ場所で布を敷いてポストカードを売っていた。黒い服を着た女は腕にたくさんアクセサリーをつけていて、頭にはニットの帽子をかぶっていた。髪を肩より長く伸ばした男も前と同じように女の後ろの植え込みに腰かけていて、人ごみを見つめていた。男は目に緑がかった色つきのコンタクトレンズを入れていた。男はTシャツの袖を肩までまくり上げて細い腕を出していた。腕にはいくつかのタトゥーが彫ってあった。蒸し暑くて息をするのも苦しかった。ビルの壁面の電光掲示板に気温が表示されていた。街路樹のどこかにはりついている蟬《せみ》の声が通りを走る車の音に混じっていた。俺はかがみ込んでポストカードを眺めた。諸事物ノアラユル価値――ソレガワガ身ニ輝イテイル。黒いカードの上に釘で引っかいたような文字が書いてあった。聖ナルモノヲ欲望スル、ソレハ純粋ナ悪。ほかにもおもしろいデザインのカードはあったけれど俺はやっぱりその二つが気になった。一枚三百五十円。俺はポストカードを買おうとして財布を取りだした。財布は分厚く、たくさんの札がそこに入っていた。それを見たとたん俺は現実に引きもどされた。魚に食いつかれた親指の包帯に目をやり、切りつけた薬指の付け根の傷を見つめた。

女はペットボトルのお茶を少しだけ喉に流し込んだ。ペットボトルを取るときに腕につけたアクセサリーがかちゃかちゃと音をたてた。「どういうわけかカネがずいぶんたくさんあるんだけど」と俺は女に言った。「何に使ったらいいと思う」女は興味なさそうに俺の顔を見て、それから後ろにいる男の顔を見た。「何か商売をやってるんですか」と男が言った。コンタクトレンズのせいで緑がかっている目が俺を見ていた。

俺は首を振って言った。「でもカネはあるんだ」

手をつないだ男と女がやってきて、俺の横にかがんでポストカードを見はじめた。鼻にピアスをつけた女の方が興味をもってポストカードを眺めているようだった。蟬の鳴き声がさっきよりも鮮明に聴こえてきた。諸事物ノアラユル価値――ソレガワガ身ニ輝イテイル。「そのポストカードの言葉は僕も気に入っているんです」と髪の長い男が言った。「レシートの裏に書き留めていたんですよ」

「ニーチェの言葉だっけ」と俺は言った。

「『ツァラトゥストラ』っていう本に出てくるんですよ」男は緑がかった目で俺を見ながら「ファミレスでよくそういう種類の本を読むんです」と言った。男はいろいろな哲学者の名前をあげた。

「おカネの使いみちね――」と黒ずくめの女が興味なさそうに言った。「宝石でも買ったらいいんじゃない？」

宝石についてしばらく考えてみた。これまで宝石に興味をもったことなんかなかったし、買おうと思ったことなんてもちろんなかった。だからそれは馬鹿らしくておもしろいカネの使い方に思えた。俺にとってはどうでもいいモノにカネを使いたかった。きらきらと光を反射する宝石を買ってそれをビー玉みたいに転がしてみる。いらなくなったら目の前にいる二人にやってしまえばいい。この二人がそれを売り払ってカネに換えればいいんだ。ちょっとくらい傷ついても磨けばまた光るだろう。二人が手に入れたカネは自由に使えばいい。新しい部屋を買ったっていいし、UNICEFに全額寄付してもいい。俺は興味のない宝石にカネを使って、その宝石をポストカード売りの二人がカネに換えて使う。ちょっとした偶然の出会いで輝く宝石が現れ、さらにカネまで現れる。諸事物ノアラユル価値——ソレガワガ身ニ輝イテイル。代わりに俺はポストカードをもらう。俺は宝石とそのポストカードを交換する。なかなか馬鹿らしくていいんじゃないか？　これですべてうまくいく。何の問題もない。俺が悩むようなことは何ひとつない。「宝石か」と俺は女に言った。「それはいいアイデアかもしれないな」

しばらく街を歩きまわり、公園に日陰を見つけてそこに座り込んだ。頭痛がして視界がぼやけていた。木の幹にもたれかかって公園の景色を眺めていた。

時間だけがすぎていっていつのまにか夕方になった。空が暗くなり急に雨が降ってきた。俺は重いからだを引きずって公園を抜けると地下鉄の入口に向かった。雨はすぐにやんで元の蒸し暑さがもどってきた。俺は激しい渇きを感じた。頭痛がして足もとがふらついた。人ごみの物音が反響してそれは頭のなかで騒音みたいに響いた。俺はせまい裏通りに入っていった。喉の渇きはいっそう激しくなり、近くには飲み物を売っている店も自動販売機も見当たらなかった。俺はまた指を切って血をなめようかと思った。でもそれはやめておいた。俺はよろめいて立ち止まりながら歩いた。どこに向かっているのかよくわからなくなった。立ち止まって考えた。地下鉄だ。俺は地下鉄に向かっていた。地下鉄に乗って家へ帰るんだ。喉がちぎれそうなほどに渇き、それは激痛にも近い感覚になった。息をするのも本当に苦しかった。俺はぼろぼろのつめで喉をかきむしり、それでも何とか歩き続けた。電話ボックスがあった。電話ボックスのガラスの上をさっき降った雨粒がまだ流れ落ちていた。俺は電話ボックスに顔を押しつけて流れている水滴をなめた。

16

目が覚めて腕時計を見ると昼になっていた。ひどい頭痛がした。いつのまにかどこかのベンチで眠っていた俺は、目を覚ましたあとで自分の居場所を把握するのにずいぶん苦労した。現在地がわかると三十分ほど歩いてカプセルホテルに行った。シャワーを浴び、服を洗濯した。食事をする気はしなかった。フルーツジュースを一杯飲んでホテルを出た。アパートにもどる気にもなれなくて、俺はビルの五階にあるゲームセンターを改装したカジノに行った。入口のところで俺は財布がないことに気がついた。たぶんカプセルホテルに置いてきたんだろうと思った。財布にはたくさんカネが入っていた。でも今からホテルに取りにもどるのは嫌だった。俺はもうカジノのドアの前に立っていた。ドアの近くにトイレがあって、偶然そこに増井《ますい》が入っていく姿が見えた。増井もあちこちの小さなカジノを転々としている男で、親しくはないけれど顔見知りだった。でも増井は俺が「ペットショップ」でやったような大きな勝負をしていることは知らなかった。増井のカジノ通いは趣味に近かった。俺は増井がトイレから出てくるのを待って声をかけた。

「華田じゃないか」増井は眠そうな目をしていて、顔の下半分が無精ひげに覆われていた。増井はゼブラ模様のTシャツを着ていて、その模様を見た俺はなぜだか吐きたい気分になった。

「財布をホテルに忘れてしまったんだ」と俺は言った。「一万でいいから貸してくれないか」

「ひどい顔だな」と増井が言った。「家で寝ていた方がいいんじゃないか」

「電車代もないんだ。必ず返すから」俺はしつこく食い下がった。

カネを借りて少ないカジノ・チップを手に入れた俺はフロアに入っていった。いかにもゲームセンターを改装したらしい安っぽい照明が店内を照らしていた。天井のスピーカーから耳障《みみざわ》りな音楽が流れていた。「故障中」と書いた紙が貼られた大きなゲーム機の前で眠り込んでいる奴がいた。ルーレット・テーブルの前に来ると、俺は頭痛を抑えられるかもしれないと思いすぐに睡眠薬を飲んだ。テーブルにはスーツを着た小柄な男とピンク色のタンクトップを着た若い女がいた。ピンク色のタンクトップには LOVE とかそういう文字が書いてあった。こいつ何か飲んでるよ、とタンクトップの女が小声で男に言った。放っておけよ、と男が言った。勝手にさせとけばいいんだよ。男は肉づきのいい手を伸ばしてチップを数字の上に置いた。手首には銀色に光っている腕時計とチェーンがはめてあった。その腕時計はブルガリのようにも見えた。俺は頭痛のせいでベッティング・レイアウトの数字をまともに判別することができなかった。俺はすぐに全額を失った。俺は増井にカネを貸してくれるように頼み込んだ。増井はクラップスをやっていた。「また出直してこいよ」と増井は言った。頼む、と俺は言った。電車代もないんだ。電車代だけじゃない。俺にはほかに行くところがどこにもないんだ。

「勘弁してくれよ、華田」と増井が言った。「あんまり深みにはまるなよ。物ごとには身のほどってものがあるだろ」

俺は一度引き下がったふりをして椅子に腰かけた。冷たいウーロン茶を飲んだ。頭痛が少しだけ治まった気がした。しばらくして立ち上がり、また増井にカネを貸してくれるように頼んだ。何度断わられてもあきらめなかった。頭がふらつき、視線を落とすと増井の履いているコンバースのスニーカーと床がいっしょになってゆらめいている液体に見えた。「もう帰れよ」と増井が強い口調で言った。

俺は増井の耳にささやきかけた。増井はあきれた顔をして、わかったから早く帰れよ、と言った。本当なんだ、と俺は笑いながら言った。試しにやってみてくれよ。賭けてくれれば俺は出ていくから。絶対に約束する。一度だけ試しにやってみてくれ。増井はしぶしぶ俺の言った数字に賭けた。クラップス・テーブルに転がった二つのダイスの目はその通りの数字になった。三回続けて当たると増井はひどく警戒するような顔つきで俺の顔を見つめた。

俺は増井にカネを借りてルーレット・チップを手に入れた。ピンク色のタンクトップの女が俺を見て嫌な顔をした。蒼白い焔が見えて眼球が吊りあがる感じがして、口のなかで血の味がした。くちびるが笑みの形に自然にゆがんでいった。楽しかった。でもこれ、本当に楽しいんだろうか？　俺はストレートアップを二回当てた。イカサマかどうかは関係ないよ、これで出ていってくれ、と店長が言った。地下はいい加減なものだ。俺はにやにや笑いながら札束を適当につかんでディーラーと店長に渡した。増井にも渡してやった。

「華田、勝ってうれしいのはわかるけど、大丈夫なのかよ」と増井が言った。何が？　と俺は訊き返した。「お前、さっきからちょっと無気味な顔でずっと笑ってるんだけど」増井はそう言って俺から受け取ったカネをじっと見た。俺はカジノを出てあたりを歩きまわり、誰もいない工事現場を見つけるとそこに横になった。睡眠薬を飲んで眠ろうと思った。ここで休んだあとはカプセルホテルに財布を取りにもどらなきゃならない。忘れちゃだめだ。カプセルホテル。財布。カプセルホテル。

17

その夜、中国人が経営している地下カジノで、俺はフロアを眺めながらデザイン会社にいた頃に読んだ精子の話を思いだしていた。俺が読んだ本が科学的に正しいのかどうかは知らない。でもそれは精子や性行動を研究している学者が書いた本で、精子には三つのタイプがいるという話が載っていた。受精を目的としたひとにぎりのエッグ・ゲッターがいて、それからほかの男の精子をブロックするブロッカーがいる。そして殺し屋役のキラー。キラーはほかの男のエッグ・ゲッターやキラーを見つけるとかたっぱしから殺していく。キラーは受精が目的の精子じゃない。キラー精子は相手の精子を殺すために戦う。自軍のエッグ・ゲッターが受精を勝ち取れるように。まるで義勇兵みたいだ。でもキラー精子は本当にそういう義勇兵なのか？　と俺はフロアを見ながら思った。連中がほかの精子を殺すことだけを純粋に楽しんでいるのだったら？　俺はそんな想像をした。キラー精子は自分が死ぬまで敵の精子を殺し続ける。ただひたすら殺していく。エッグ・ゲッターがいてブロッカーがいてキラーがいる。もしそれが本当ならカジノは精子の世界が鏡映しになっているような場所だ。皆がばらばらに戦っているように見えるなかに逆らいがたい全体の流れというものが存在している。ほとんどの奴はここで死んでいるのも同然だ。わけもわからずに、運をつかむこともできず、何もかも貧しいまま消滅していく。貧しさを運命みたいに背負っている奴があふれるくらいいる。貧しさというのはカネのことだけじゃない。たしかに俺の想像通りカジノは精子の世界に似ているのかもしれない。殺すために生まれてきた連中がいて、食われるために生まれてきた連中がいる。精子の闘争のシステムを現実のエリアに置き換える。その物語《ストーリー》のもっている説得力はまんざらでもない。でもフロアにキラーとブロッカーがいるというのはわかるとしても、エッグ・ゲッターってのはどこにいるんだ？

俺の隣に座っている中国人は、携帯電話で誰かと大声で話しながら皿に載った料理を食っていた。ルーレット・テーブルを見ると、若い男が真っ青な顔をしてチップをにぎっていた。たぶんテーブルの下にある足はがくがく震えていて止まらないはずだと思った。大きな勝負をしようとしているのか、若い男の充血した目はベッティング・レイアウトの一点をじっとにらんでいた。普通じゃない目つきだった。顔は真っ青なのに目だけが血走っていた。男は自分を必死で奮い立たせようとしていたが、それ以上に怯え切ってしまっていた。俺はカウンターの椅子に座って冷たいジャスミン茶を飲みながらその姿を見つめていた。

これからお前は確実に負けて堕ちていくんだろうけど——と俺は思った。お前に言っておきたいのは、ベッティング・レイアウトはお前の心を映す鏡ってことだ。ありふれた安っぽいメタファーに聞こえるかもしれないけど、まあ聞けよ。鏡から目をそらしたらだめなんだ。そこに映っているお前の顔をよく見ておくんだ。映っているのはお前の顔だけじゃないだろ？　お前の顔の後ろにある背景までよく見るんだ。そこには闇がある。闇をよく観察するんだ。闇のなかにいろんな生き物がいる。そこはひとつの生態系になっていて、とても豊かな世界なんだ。過去に絶滅してしまったような奴も闇のなかに生きている。化石だってそこでうごいている。何万年もの過去からやってきたみたいなぐちゃぐちゃした泥《どろ》のなかで、お前はたくさんのわけのわからない生き物に食らいつかれて、そいつらと争い、そこから逃げようとする。見たことのない別の生態系がこの宇宙にはあるんだ。理性を取り払ってしまえばそれがお前にも見えてくる。そうすればお前は闇を味わうことができる。負けて頭がおかしくなる前に、闇を味わえるようにしておくんだ。お前みたいな奴に大事なのはそれだ。そこでだ、俺は何をしにこのカジノに来てたんだっけな——。

宝石でも買ったらいいんじゃない？　俺はカウンターで皿を拭いていた中国人の店員に、宝石商を知らないか、と訊いた。このカジノで何度か見たことのある顔だった。店員は皿を拭く手を止めて、宝石ですか？　とゆっくりした日本語で言った。いろんな宝石を扱っているところが知りたいんだ、と俺は言った。ブランドとかは関係ないけど本物が置いてあるところを教えて欲しいんだ。店員は奥へ消えて、そのまま十分近くもどって来なかった。このカジノには日本でビジネスをしている中国人がたくさん集まっていた。宝石商の一人や二人紹介してくれるはずだ。やがて店員は紙きれをもって現れた。紙きれには住所が書いてあった。個人でやっている人ですがちゃんとした仕事をしていますよ、と店員は言った。俺はカジノ・チップを店員に渡して席を立とうとした。誰かが「トイ・ソルジャーズ」の口笛を吹いていた。俺はちょっと驚いて耳を澄ました。すぐ後ろで仙崎の声がした。「華田、調子はどうなんだ?」俺は驚いて振り返った。タバコの煙のなかにゲームに興じる連中の喧騒《けんそう》が広がっているだけだ。

18

ごちゃごちゃした通りに小さな鳥居とちょっとした林があって、その裏に紹介された宝石商の店があった。外から見たら何の商売をしているのかわからない建物だった。防犯カメラの下のドアが開いてスーツを着た品のある男が出てきた。俺は中国人の経営する地下カジノの話をした。宝石商の男はそのカジノに関わっている人たちをよく知っていると言った。自分はギャンブルはほとんどやりませんが、と男は笑いながら言った。なでつけられた黒い髪がつややかに光っていた。俺はソファに腰かけて出されたコーヒーを飲んだ。私は中国人ですが十四歳のときから日本で育ちましたよ、と男は言った。男は始終やわらかな笑みをたたえて応対した。しばらくして男が宝石のケースをいくつか持ってきた。いろんな色やサイズの石があったけれど、もとから宝石に興味がなかった俺にはどれもピンと来なかった。男のしゃべる説明を聞きながら俺は目の前に現れる宝石をぼんやりと見ていた。俺が宝石なんてどうだっていいと思っていることを男の方も理解したようだった。「価値には主観価値というものもあります」と男は言った。「宝石はほとんどそちらの価値なんですが。価値の体系はあるにせよ、究極的には美術品は皆そうです。そこに機能はありませんからね。ご自分が気に入るような主観価値を考えてみられてはいかがですか？簡単に言えば、純粋な金額の評価だけではなくて、その石だけがもつ特有の価値というものもあるんですよ」

男はそう言ってやわらかな笑みを浮かべたまま俺の顔を見た。俺は冷めたコーヒーに口をつけた。「たとえば有名な誰かが身につけていたものだとか？」と俺は言った。男がうなずいた。「タバコを吸ってもいいですか」と俺は訊いた。男は灰皿を持ってきてテーブルの上に置いた。純粋な金額の評価だけではなくて、その石だけがもつ特有の価値というものもあるんですよ。俺は男の言った言葉を頭のなかで繰り返した。タバコの灰が灰皿に落ちるのを見て、俺は思いついたことを言った。「いちばん縁起の悪い石を売ってくれないかな」

男は黙って俺の顔を見た。その顔はこの会話を楽しんでいた。「たとえば持ち主が事故で死んだ。俺の方もようやく眠気が覚めてきていた。「たとえば持ち主が事故で死ぬとか、いろいろあるでしょう」と俺は言った。中国人の宝石商は右側のくちびるだけを曲げて楽しそうに笑っていた。

「考えてみればそういうお客様はあなたがはじめてです」と男は言った。「ほかにもいてよさそうだとは思いますが、私にとってはあなたが最初です」そう言って男はテーブルの上に並べた宝石を片づけると、指先をあごに当てて考えはじめた。しばらくすると男は言った。「いろんな人間の災難を見てきた石はありますよ。持ち主が必ず死ぬというほどの石ではないですが、ご覧になりますか」

男はその宝石の入った箱を持って現れた。箱のなかにあったのは本当の血みたいな赤褐色《せっかっしょく》をした宝石だった。それは血を結晶化させたといってもいいような鈍い輝きを放っていた。

「サージウスです」と男は言った。はじめて聞く石の名前だった。「神の姿は碧玉《へきぎょく》にもサージウスのようにも見えた」と男は言った。「聖書にはそう書いてあります」

「知らなかったな」俺は赤い宝石を見つめながら言った。

「サージウスは紅玉髄《こうぎょくずい》とも呼ぶんです」と男は言った。「サージウスには雄石《お》と雌石《め》があります。雄石の方が光が強くて、雌石は光が弱く色もくすんでいます。ユダヤ教の司祭が身につける宝石でもあったそうですよ。今も身につけられているかどうかは知りませんが、それにしても血のような石だと思いませんか？」宝石商は俺の顔を見ながら、空になったカップにコーヒーを注ぎ足した。「あなたの感じに向いている石だと思います」

俺は黙ってサージウスを見つめた。箱のなかには四つのサージウスがあって、それらはどれも暗い赤褐色の光を送りだしていた。

「輝きが少ないので人気はまったくありませんが、この石には、何と言うか、力と哀しみのようなものがあります」と男は言った。「この色をずっと見ていればそれがわかりますよ」

俺は吸い込まれるようにサージウスを凝視していた。その石は俺の神経に入り込み、血管のなかに侵入していった。その石のなかにいくつもの血の筋が流れて渦巻いているのが見えた。それは俺にとって何か意味のあるものだった。その赤褐色の鈍い輝きはルーレットと同じくらいに、あるいはそれ以上に俺にとって意味があるように思えた。それでいてその石が俺に対して持つ意味を俺は理解することはできないだろうと思った。四つあるうちの一つのサージウスを俺は指さした。

「いわくつきの石はもちろんそれです」と男は笑みをたたえながら言った。

「すぐにわかったでしょう？」

　その石は雄石と雌石を接合したもので、とても古いものだった。持ってゆかれるのは大変惜しいですが、と男は言った。俺が値段をたずねると、その石なら結構な値段をいただきますね、と男は言った。男は数字をわざわざ紙に記して俺によこした。それはじっさい結構な値段だった。俺はその石にまつわる話を聞かせて欲しいと言った。宝石商の男はまたあごに指を当てて考え込みはじめた。窓の向こうから子どもの笑い声が聴こえた。男は笑みを浮かべるのをやめて静かに口を開いて言った。「こういう話はとても繊細なもので、ひとつまちがえるとくだらない笑い話になってしまうんです。でも、どんな話であれ、すべては笑い話なんですけれどね。誰の目がえぐりだされようと、腹が裂けて内臓が飛びでようと、そんなことは関係ないんです。自分の身に振りかかってこないかぎりは」男はコーヒーに口をつけた。「変わった人間を見たことがありますか」と男は突然にそう言った。俺は眉をひそめて男の顔を見つめた。

「心に深い印象を残す人間です。強烈な印象と言ってもいいですよ」と男は言った。「自分のことを鳥だとか、あるいは誰かの生まれ変わりだとか、あるいは兄弟なんていないのに自分には同姓同名の兄弟がいると信じているような人間です」

薬師寺やハセガワの顔が自然に浮かんだ。近鉄バファローズの帽子が見えた。それに紙粘土みたいな白いスキンヘッドの頭部。華田、調子はどうなんだ？　後ろでいきなり仙崎の声がした。俺はゆっくりとタバコの煙を吐きだした。振り返ろうと思ったけれど代わりに俺は宝石商の目をじっと見た。

「私が会った少年はそういう人物でしたね」と男は言った。「彼の母親がそのサージウスを持っていて、彼女は少年の子どもを身ごもっていたんですが——そのことについては私はたいして印象をもちません——世のなかにはいろんなことがありますから。私が深く印象を受けたのは少年の作りだしたサージウスについての寓話《ぐうわ》です。彼は創世記を参考にして自分で寓話を作り、それを私に聞かせてくれたんですよ」宝石商の男はその寓話を俺に語りはじめた。

少年の作ったサージウスの寓話を語り終えると男はコーヒーを飲んだ。「こういう美しいお話なのですが」そう言って男は感心したように首を振った。

「あんな少年が本当によくできたお話を作るものですよ」

19

レンタカーに乗って一人でドライブをした。街で車を運転するなんてたぶん六年ぶりくらいだ。何となく車に乗りたくなってレンタカーを借りて、はじめはなかなか運転になじめずちょっと手に汗をかいたりした。黒いジャージのポケットにサージウスを入れていた。ヘッドライトに浮かぶ光景のなかを目的地もなく走り、ときどきタバコを吸った。信号が赤になった。ブレーキを踏み、両手でハンドルをかかえ込んで信号が変わるのを待った。ふと左手の薬指の付け根に残っている傷痕に目をやった。俺のなかにある考えが浮かんできて、一度それを思いつくとなぜだかどうしても実現したくなった。俺は仙崎の携帯電話をまだ持っていた。その電話から薬師寺に電話をかけた。あいつの電話をまだ持ってるのか、と薬師寺が言った。それからいつものようにせせら笑った。まだ使えるんだけどそろそろバッテリーが切れそうだ、なあ薬師寺、と俺は言った。モグリで営業している医者を教えてくれないか？　医者、と薬師寺は言った。医者のところで何をやるんだ？　どうしてもやりたいことがあるんだ、と俺は言った。お前みたいな奴だったらモグリの医者くらい知っているだろ。一度それを思いつくとなぜだかどうしても実現したくなった。薬師寺は五分すぎたらまた電話をかけろ、と言った。俺は言われた通り五分すぎるのを待って薬師寺に電話をかけなおした。薬師寺はモグリの医者の住所を教えてくれた。また遊ぼうな華田、と薬師寺は言った。

暗い路地に車をすべり込ませて、手すりも階段もひどく錆《さ》びついてうす汚れているビルの前で停まった。そこはうす汚れているというよりもどうしようもないくらい汚れたビルだった。廃墟《はいきょ》みたいな建物のなかにも人間が住んでいるようだった。ニットの帽子をかぶった男が飲み物の入ったビニール袋を下げて階段をのぼっていった。ビルの一室のインターホンを押して薬師寺の名前を出すと鍵が開いた。鍵はオートロックになっていた。なかに入るとテレビのニュースを見ながらピザだかケーキだかを食っている男がいた。部屋には紺色のカーペットが敷いてあった。部屋の奥はカーテンで仕切られていて見えなかった。俺はポケットから赤褐色の石を取りだして男に見せた。男は石をのぞき込んだ。指輪でも作れってのか、と男は言った。男の顔には表情があまりなくて、くぼんでいる目は顔の底に深く沈んでいるみたいだった。俺は持っていたカネを男に渡した。「この赤い石を左手の薬指に埋め込んで欲しいんだ」と俺は言った。どうしてなのかわからないけれど、そうしないと眠れそうにないんだ。

麻酔《ますい》を受けたのかどうかを思いだそうとした。すぐには何も思いだせなかった。天井を見つめたまましばらくじっとしていると少しずつ記憶がもどってきた。俺は汚いビルの一室に入ってニュースを見ながらピザだかケーキだかを食っている男にカネを渡した。赤い石を見せて、それから左手の薬指を指さして用件を言った。俺はカーテンの向こうにあるうす暗い部屋に連れていかれた。

俺はもう自分が目を覚ましていると思っていた。でもそこまではまだ夢のなかだった。俺はニュースをしゃべるアナウンサーの声でようやく目を覚ました。目を覚ますと、俺はカーテンの奥にある部屋のベッドにあお向けになっていた。左手の薬指の付け根にムカデが這っているみたいな黒い縫い目があった。糸が通っている皮膚の下には確かに赤いサージウスが埋め込まれていた。それは確かに埋め込んであった。

ゆっくりベッドを降りてカーテンを開けた。男はさっきと同じようにニュースを見ながら何かを食っていた。「自分で包帯を巻いておけよ。こっちは縫《ぬ》って消毒するだけだから」と男は言った。男は積んである包帯の束を指さした。

俺は男に訊いた。「蒼白い焰が頭のなかに見えて、それから数字が見えるような病気ってあるかな」

男はくぼんだ目をニュースに向けたまま、「お前はどう思うんだ？」と言った。

汚れたビルを出てレンタカーにもどりエンジンをかけた。街路樹が並んでいる暗い通りを走った。夜はまだ続いていた。孤独はカネで買える。暗い道を走りながら俺はそう思った。まだ夢を見ている感じがした。カネを持てば持つほど孤独は深くなっていく。世界中の孤独な連中、君たちは大資産家だ。信用しろよ、俺くらいの稼《かせ》ぎでもそれを証明している。ぼろぼろになったつめが割れて血がにじんできた。赤い石を埋め込んだ左手には包帯が巻いてあった。俺はホイールの赤と黒の上を走るアイボリー・ボールみたいに血と闇のなかを何度も巡っているような気がした。

土くれと赤いサージウスのお話。かつて人間はただの土くれだった。雨がふればどろどろにとけて、日がてりつければからからにかわき、砂にかえってしまう土くれだった。

*

ある夜、ふたつの土くれがいっぴきの蛇をおってはしっていた。蛇は雨がふっても、日がてりつけてもすがたを変えないので、ふたつの土くれは蛇のようになりたいとおもっていた。

土くれは蛇をつかまえようと砂漠をはしっていた。逃げていた蛇が突然にとまり、そしてふたつの土くれにいった。

「わたしのようになりたいか」

「もちろんです」ふたつの土くれは声をそろえてこたえた。

「みたところ、おまえたちには血が欠けているね」蛇はそういった。

「血とはなんですか」と土くれはききかえした。土くれは血をしらなかった。

「血とはなんですか」もういちど土くれがきくと、蛇がつぎのようにこたえた。

「それは世界とおまえたちを切りはなすものだよ」

「それを手に入れたらあなたのようになれますか」と土くれはきいた。

蛇はその問いにはこたえずに「そこにある赤い宝石をたべれば血がえられるよ」といった。それはサージウスの宝石だった。土くれはまよわず宝石をたべた。赤い宝石をたべると、土だったからだに血がかよい、やわらかい肌があらわれた。

雄石をたべた土くれは人間の男になった。

雌石をたべた土くれは人間の女になった。

そうして土くれは雨がふってもどろどろにとけることはなく、日がてりつけてもからからにかわくことはなくなった。そのかわりに死をもつようになった。土くれと赤いサージウスのお話。

20

カジノのフロアで仙崎と付き合っていたという女と会った。女の方が俺を見つけて話しかけてきた。華田さんのことをときどき話していましたよ、と女は言った。俺は仙崎のことを女と話そうと思った。あいつがビルから飛び降りる前の話をしようと思った。でも話したってどうしようもないじゃないか？　それでも俺は女といっしょにコーヒーでも飲みながら仙崎のことを話さなきゃと思った。俺と女はあ、い、つ、の、こ、と、を話すべきだった。でも俺たちは何も話さなかった。俺はかなりビールを飲んでいて、女はあきらかに何かのクスリをやっていた。俺たちはカジノのフロアの暗がりで何かをしゃべっていた。いったい何を話しているのかよくわからなかった。でも仙崎のことは口にしなかった。俺はやる気もなかったし酒も飲んでいた。だからその夜のルーレットでは負ける一方だった。左手にはまだ包帯を巻きつけていた。ひどく気分が悪くてどこかに逃げだしたかった。吐きたいのに腹のなかの内臓がすっかりなくなってしまって空っぽになっている気分だった。どうしようもない感じだった。俺は仙崎と付き合っていたという女といっしょにホテルの部屋にいた。どうして俺がこの女とホテルにいるのかよくわからなかった。でもどこかに逃げだしたい気分になっているときに、わけのわからないうちに女とホテルにいるってよくある話だろ？　それはたいてい知り合いだったりするんだ――セックスが商売の女が相手じゃない場合には。俺たちは服を脱いだ。俺の頭のなかの焔とよく似たブラックライトの光が部屋を照らしていた。それほど大きくない女の乳房もその光に蒼白く照らされていた。俺のペニスは全然使いものにならなかった。天井にルーレットがまわっていた。よく見ると天井そのものがぐるぐるまわっていて、テーブルに置かれた花瓶《かびん》に差してある花もルーレットみたいにまわっていた。頭のなかに蒼白い焔が見えてそれが破裂して数字が現れた。女は何かクスリをやっていた。女は俺をののしっていた。女がダメなら男を試してみたら、と女は言った。それから女は意味のないことを言いだした。叫んだり歌ったりした。俺は吐こうとして口に指を突っ込んだ。胃液しか出てこなかった。蒼白い焔が数字に変わってその数字はガラスみたいにばらばらに割れた。アハハ。もうめちゃくちゃだ。女は鼻歌を歌ったり意味のないことを口にしていた。俺は砕け散った数字の破片が女にも見えるんじゃないかと思った。女に数字の破片が見えるかどうかを訊いた。あんただあれ、と女は言った。俺は女の顔をよく見てみた。目と鼻がくっついて渦を巻いていた。どうしてこんな奴がここにいるんだ？俺は吐こうと思ってまた口に指を突っ込んだ。女はベッドの上でもがくように手足をうごかしながら歌ったり叫んだりしていた。あんただあれ、と女は言った。私はだいじょうぶだから放《ほう》っておいてえ、と女は言った。俺は女に出ていってくれと言った。左手に巻いた包帯から赤いサージウスが透けて見える気がした。それは血みたいに赤く輝いていた。部屋がゆっくりと回転していた。さっさと出ていけよ、と俺は女に言った。消えろよ。

21

「ランチを食べないか」と電話の向こうでハセガワが言った。俺は紙粘土みたいな質感のする白いスキンヘッドを思い浮かべた。はじめに仙崎の残していった携帯電話が鳴って、すぐにバッテリーがなくなった。ずいぶんもったものだと思った。それから俺の電話が鳴って出てみるとハセガワの声がした。「僕はいつも深夜がランチの時間なんだけど問題ないだろう？」とハセガワは言った。「いっしょに食事をしたいんだ。午前零時ちょうどにこっちにおいでよ」

ハセガワの住んでいるマンションはどこかで見たことのあるような高層ビルだった。俺は時間通りにそのビルの前にやってきた。腕時計で午前零時になったことを確かめて、インターホンでハセガワの部屋番号のボタンを押した。四つくらいある監視カメラのレンズがこっちを向いていた。インターホンに向かって名前を言うと自動ドアが開いた。自動ドアを通り抜けてカネのかかった内装のエレベーターに乗った。内装は豪華だったけれど別にスピードがあるエレベーターじゃなかった。エレベーターはビルの上層に向かってゆっくりのぼっていった。カーペットの敷かれた長い廊下を歩いてドアにたどり着き、チャイムを鳴らすとすぐにドアが開いた。出てきたのは背の低い老人だった。老人が俺の顔を見た。ひどく鋭い目つきをしていた。俺は所持品をチェックされた。老人のもったいぶった感じが馬鹿らしくて俺は笑ってしまった。老人は包帯を巻いている俺の左手を見て、手はどうしたんだ、と訊いた。ケガして縫ったんですよ、と俺は言った。老人は黙って俺を部屋へ案内した。

ハセガワは椅子に座っていた。紙粘土めいた質感のスキンヘッドの男はテーブルに肘《ひじ》をついて何かを食っていた。大きな窓ガラスの向こうに夜の都市が見えて、それはうじゃうじゃした趣味の悪い電飾みたいにも見えた。老人が椅子を引いてくれて、俺はそこに腰かけた。椅子を引いてくれるなんてまるでカクテル・ガールみたいじゃないか？　俺が座ると老人はすぐに部屋を出ていった。

「来てくれてうれしいね」とハセガワは言った。「僕はいつもこの時間にランチを食べるんだけど、いつも一人なんだよな」

黒いテーブルの上にはパンやサラダの載った皿があった。背の低い老人がもどってきてグラスに酒を注いだ。ハセガワはタバコを吸った。魚に食いつかれた手の傷をむきだしのままにしていた。「せっかく来たんだからリラックスしてくれよ」とハセガワが言った。この前と同じように目がぎょろぎょろとうごいていた。見れば見るほど気持ちの悪い奴だった。ペットショップみたいな地下カジノを経営している奴が普通じゃないのは当然だ。よく見れば近鉄バファローズの帽子男より重症という感じがした。正気を保っているのにひどくゆがんでいる種類の人間。ギャンブルをやっているとそういう連中に会う。狂ってしまわないのが不思議なくらいバランスを失っている人間。そういう奴はだいたい最後に悲惨な負け方をする。でも決定的な負けを食らうまではフロアにへばりついている。連中に異様な存在感があるのは確かだ。悪運も運にちがいない。そして俺がそうじゃないとは言いきれない。そうだろ？　だからそういう奴の顔を見て俺は何かを考えようとする。頭のなかをのぞいて自分のためにサンプルを採取しようと思う。答えや脱出口が見つかるなんて思っちゃいない。でも俺の場合、女としゃべったり、セックスをしたりして気をまぎらわすことのできるレベルはとっくに超えてしまっている。楽しみといえば、左手の縫い糸を抜糸して赤い石を眺める日を待つくらいだ。仙崎はビルから飛び降りてアスファルトに飛び散ってしまったらしいし、本当にどうしようもない気分だ。だから俺はわざわざ出かけてきて、紙粘土みたいな頭をした男といっしょに深夜にランチを食っている。

「最近は小さい勝負ばっかりらしいじゃないか」とハセガワが言った。ハセガワはグラスの酒を飲み、大きく口を開いて魚の白身を食べた。ほとんど嚙まずに飲み込んだ。「まじめにギャンブルをやる人間もいるし、破滅する中毒症の人間もいる。だけど頭蓋骨のなかに数字を飼っている君みたいな奴はなかなかいないよ」

このスキンヘッドの男はどうして俺のやり方を知っているのかな、と俺は思った。どこかで俺はしゃべったかな？　でも別にどうでもいいことだ。俺はずいぶんいろんなことを見てきたし、何だってあり得ることも知っている。

「穴の開いた頭蓋骨を見たことはある？」とハセガワが言った。「その病は古代から存在するんだ。一度その病に冒されたら、その人間は数字を予言することができるんだよ」

「おもしろい話だけど」と俺は言った。「本当の話か？」

「蒼白い焔が見えるだろう？」とハセガワが言った。「血の味もするだろう？」

俺は黙ってハセガワの顔を見ていた。ハセガワはタバコを灰皿でもみ消して、それから目尻のあたりをつめで引っかいた。「それが数の髑髏《ナンバースカル》の症状なんだ。古代インカ帝国に穴の開いた頭蓋骨がごろごろ転がっていたのはそのせいだよ。彼らは数を神とあがめていたんだ。数のヴィジョンを見続けて、数からさまざまなことを読み取り、予言をする。だけど最後には頭蓋骨に穴が開いて発狂してしまうんだ。後は血を吐いたりして死ぬだけだよ。死んだあとに頭を切開すると脳が水晶化していた」

俺は以前パトカーのなかで刑事が言った言葉を思いだした。仏さんの側頭部に、三センチくらいの穴がきれいに開いているんだ。落下の衝撃かもしれないが、それにしちゃ穴がきれいすぎるんでね。屋上で誰かほかに人を見なかったか？　俺の服は血まみれで、飛び降りた男は俺が殺したも同然のような気分だった。そのあとに仙崎が服を持ってきてくれた。五百円で買った真っ赤なTシャツ。「嘘だ」と俺は言った。「でたらめだろ」

「ああ、嘘だよ」ハセガワが笑った。空気が喉の奥でつかえたような笑い声で、枯れ葉が砕けるみたいな奇妙な音だった。「そんなの嘘に決まっているじゃないか。古代インカ帝国？　数の髑髏《ナンバースカル》？　いったい何の話なんだろう。本当におかしいね。われながら傑作の作り話だ」ハセガワはまた変な声をたてて笑った。

でもこの男は蒼白い焔や数字が見えたり血の味がすることを知っていた。俺はこの男からもっと話を訊きだそうかと思った。だけどこいつの言うことはぜんぶでたらめで、どれもまったくの嘘かもしれない。訊いたところで、たぶんこの男は俺をはぐらかしてあざ笑うだけだろう。

「ちゃんと料理を食べてくれているかな」とハセガワが言った。

「キュウリだけ」と俺は言った。「悪いけど腹が空《す》いていないんだ」じっさいに俺はサラダの皿の隅に並んでいるキュウリばかりつまんでいた。

「それは残念だね」とハセガワは言った。「でも時間はまだたっぷりあるし、ゆっくり食事をすすめよう」ハセガワはタバコの代わりにマリファナを吸いはじめた。「ところで華田、君はギャンブルを続けているじゃないか？　それなら自分の力をもっと使うんだ。たとえ地獄に落ちてもそうするんだよ」

「大きいカネを賭けろってことなのか？」と俺は言った。

「確かにカネの桁《けた》は重要だよ。だけどそれは本質的な問題じゃないね」とハセガワは笑いながら言った。「君みたいなやり方が長続きしないのは、僕がよく知っている。放っておいたら君はすぐに死ぬと思うよ。自殺する可能性が高いと思うね。硫酸《りゅうさん》の入ったバケツに頭を突っ込んだりして。それも悪くないけど、僕にとってはちょっとおもしろくない。僕には君がちっぽけな勝負で勝ち続けていることが気になるんだ」ハセガワは何かを探すようにテーブルの上を見まわしながら言った。老人が皿に載った料理を運んできて、俺の前に皿を置いた。俺は皿を見なかった。

「最近は負けたりしているよ」と俺は言った。

「それはイカサマの負けだろう？　勝てるのに負けているんだ。それはつまらない。ギャンブラーという種族にふさわしくないんだよ」

「俺はギャンブラーなのかな」――華田。やっちまったよ。でも、勝つってどういうことなんだろうな？――「それにイカサマと言うのなら俺の勝ち方だってイカサマだよ」

「本当はそう思っていないだろう？」とハセガワは言った。魚の白身をつまんで口に入れて、今度はよく嚙んでいた。「何だろうと勝てばいいんだ。君は何かを失った代わりに何かを得た。強い者は皆そうだよ」

さっき老人が運んできた皿には生の肉が載っていて、白い皿に血がこびりついていた。

ハセガワは生肉を指でつかみ、宙にぶら下げた。「生肉はとてもいいんだよ。どんな生肉でも食べてみるんだ。それではじめてわかることがいろいろある。たくさんのことをそこから学ぶ。生き物を食べて血をすることの意味が少しずつ見えてくるんだ。戦争のときにはその血の味が君を支えてくれる。それしか君を支えるものはないんだ」

ハセガワの紙粘土みたいなスキンヘッドの後ろに、うじゃうじゃした夜の都市の光が見えていた。ハセガワの頭も夜の都市もどちらも作り物みたいに見えた。じっと見ているとひどくだまされている気分になってきた。

「僕は君にもっと遠くまで行って欲しいと思うんだよ」とハセガワは言った。「腕のいいギャンブラーは多い。でもそれが何なんだ？　緻密な数字の理論やイカサマのテクニックを持っているからと言って、それが何だというんだ？　所詮はビジネスにすぎないんだ。運さえもビジネスだ」

　老人がスープを運んできた。スープには骨つき肉のかたまりが沈んでいた。

「彼はスガヤマと言うんだけど」とハセガワが背の低い老人を見ながら言った。「五年前から僕の使用人をやってもらっているんだ。彼は第二次世界大戦が終わったあとでシベリアに抑留されていたんだよ。スガヤマはギャンブルも強いし、いろんな仕事をうまくこなしてくれる。ナイフで肉をさばくのも上手だよ。どんな肉でも筋と骨を把握してすばやくさばくことができるんだ」ハセガワはスープをすすった。「僕がギャンブルを引退して二年後くらいの話だよ。僕は仕事で台湾に行った。取引相手に連れられて台湾の賭場をのぞきに行った僕のところに、スガヤマがやってきたんだ。スガヤマは日本でちょっとした罪を犯してしまったせいで国外に出ていた。そのスガヤマが僕とぜひポーカーをやりたいと言ってくれたんだ。僕も少しばかり名が残っていたんだな。スガヤマはやりがいがある相手がいなくて退屈していた。僕はもうギャンブルは引退したと言ったけれど、それでもスガヤマは食い下がった。それで僕はスガヤマに、ポーカーをやりたいのかギャンブルをやりたいのか、どっちなんだって訊いた」

　俺はタバコを吸いながらフォークでスープに沈んでいる骨つき肉をつついてみた。肉の部分はよく煮込まれていてぶよぶよしていた。

「スガヤマはギャンブルだと答えた。それで僕は、互いの指を一本ずつへし折り、先に悲鳴をあげた方を負けにしようと言った。スガヤマは引き下がらなかった。二人とも相当な金額を賭けたよ。それは僕の一夜限りの復帰戦になったんだ。賭場に地元のごろつきとかマフィアも集まってきて、連中は自分たちで勝手に賭けをはじめた。どっちが勝つか？　日本人同士が外国で頼まれもしないのに馬鹿げた賭けをやっているんだ。僕だってそれはおもしろいと思うよ」ハセガワは笑いながら、目尻のあたりをつめで引っかき、それから頭をなでた。「指をいい感じで折るにはちょっとしたこつがいる。それもゆっくりと折るのは難しいんだ。スガヤマは僕の指を折るのにもたついていた。僕は手際よくゆっくりとスガヤマの指を折った。スガヤマは左手の親指が折れたところで獣《けもの》みたいなうなり声を上げはじめて、テーブルに頭を打ちつけだした。何度も何度も繰り返しだ。数人がかりで押さえようとしても無駄だったね。スガヤマはそれ以上勝負を続けることができなかった。立会人の判断で賭けは僕の勝ちになった。だけどスガヤマは悲鳴をあげたわけじゃないんだ。それでも僕に借りがあるのは確かだ。僕は彼からカネを受け取らずに彼を使用人にした」ハセガワは新しいマリファナを吸った。「結局、そういうギャンブルには何が必要だ？　勇気か？　テクニックか？　指の折り方を練習しておくことか？　どれもちがう。必要なのは狂気だ」ハセガワは生肉をつまみ上げて口へ運んだ。

「どうしてギャンブルを引退したんだ？」と俺が訊くとハセガワの顔が一瞬だ

けすごい形相《ぎょうそう》になった。神経に電気が走ったみたいだった。俺の質問に反応したのかもしれないし、わざとそういう顔をしてみせたのかもしれなかった。ハセガワは何も言わなかった。

スガヤマがロブスターを皿に載せてやってきて、使い込んだ柄のついたナイフで解体しはじめた。ナイフが殻と身を裂く音がやけに部屋のなかに響いた。部屋は静かで密閉されている感じがした。俺はロブスターを解体するスガヤマの手つきを見つめていた。

「人間はなぜギャンブルをするんだろうね」とハセガワが言った。「それはカネがそこにうごくからだ。カネを払えなければ、殴られたり殺されたりする。カネは人間の本質的なもの――原始的で存在論的なレベルのものに結びついているんだ。カネがなければギャンブルなんてないよ。カネはカンバスだ。その上に人間はギャンブルの狂気を描くんだよ」ハセガワはナプキンで口のまわりを拭き、それから鼻のあたりも拭いた。「華田、カネの力でできないことってあると思う？」

俺はタバコの煙を吸ってゆっくり吐いた。小さな火が燃えているタバコの先端を見つめた。俺はカジノでタバコを持っている手がひどく震えている人間を何人も見てきた。怯えていたり、強がっているのに本当は度胸がなかったりする連中。でもそんなことはどうでもいいんだ。俺がわからないのは、あいつらは手があんなに震えているのに、どうしてわざわざタバコを持ったりするんだってことだ。どうぞ僕を突き落としてくださいというサインを送っているようなものだ。俺はタバコの煙を深く吸い込んだ。俺は口笛を吹きたい気分になった。でも口笛を吹くかわりにタバコの煙を吐いた。それから考えた。カネの力でできないことってあると思うか？

「たぶんあると思うよ」と俺は言った。「だけどあんたの前では言いたくない感じだな」

ハセガワは愉快そうにうなずいた。「ではこういうふうに質問しよう。カネとは何だろうね？」

俺は黙って考えたが答えは出てこなかった。それにそんなことわかる奴なんているのかな。ハセガワが言葉を続けた。

「カネは変化するものだ。車、工場、ミサイル、心臓、胎児、DNA――その力で、いくらでも、何でも手に入る。カネで買うことのできるものは、結局カネが変化したものだと言っていいんだ」

スガヤマがごつごつした両手でさばいたロブスターを俺はとても食う気がしなかった。ハセガワも出てくる料理にほとんど手をつけていなかった。それにしても豪華なランチだと思った。そして葬式みたいな暗鬱《あんうつ》なランチだ。

「カネは目に見える神だ。シェイクスピアはそう言った」ハセガワはグラスの酒を喉に流し込んだ。「神は目に見えると言っているのではないんだ。カネは目に見える神だと言っているんだ。でも、この二つの区別をつける知能がなくても、神がいるのなら人は神を欲するし、神とひとつになりたいと思うだろう」

スガヤマはロブスターを皿に取りわけるとタオルで手を拭いて下がっていった。ハセガワはロブスターの頭部を手に取り、それを仮面のように玩《もてあそ》びはじめた。「カネではどうにもならないものもある。もちろん、それは死に決まっている」ハセガワは手に持ったロブスターの頭部から垂れてきた汁をなめた。

「生まれてきた人間は必ず死ぬ。そうだろう？」とハセガワは言った。「例外はないんだ」

俺のなかにいくつかの映像や音が浮かんできた。ビルの上に影が立っていた。返り血が跳ねて足もとで衝撃がした。どこかで女の悲鳴が聴こえた。そこらじゅうに血が散っていた。人はみんな死ぬんだな、と仙崎が言う。俺はレンタカーを走らせている。俺は赤い石を買う。宝石商が寓話を俺に話して聞かせる。仙崎の顔がアスファルトに激突する。顔の肉と骨がぐちゃぐちゃになる。土くれと赤いサージウスのお話。元同僚から電話がかかってくる。何だかわからないけど、あちこち皮が剝がれていて大変だったらしいよ、とそいつは言う。アイボリー・ボールが転がる音がする。この赤い石を左手の薬指に埋め込んで欲しいんだ、と俺は言う。

「死神は最強のディーラーだ」ハセガワが言った。俺は皿の上でばらばらになったロブスターを眺めていた。

「古代ギリシアでは、人間は『死すべき者』と呼ばれていたんだ。人間はもはや神々の世界にはいない。『死すべき者』は刹那《せつな》を生きて消滅する運命にある存在だ。古代ギリシア人もギャンブルに熱中していた。そして為政者たちはこれを禁じたんだ。ギャンブルはつねに死と関わるものだ。それを放置しておけば宇宙の秩序が乱れるだろう？」

人は死んだらどうなるんだ？　突然、俺は目の前に置いてあるフォークで自分の喉を突いてみようかと思った。それは悪くない考えに思えた。俺は消え去ってしまいたい気分になった。でももしそれで消え去れなかったら？　死んだらどうなるんだろう。先に死んだ人間と会えたりするのだろうか。

「死神はこの世の皇帝でもあるんだ。これは本当の話だ」とハセガワが言った。「死神は神とつながっている。死神と神、この両者にちがいはないんだ」ハセガワはロブスターの頭部を指で押し開こうとした。それは食事をしようとしているよりも科学の実験に取り組んでいる姿みたいに見えた。殻につまった液体が飛び散って、それはハセガワの着ているシャツにも付着した。「ギャンブルは死神へのレジスタンスなんだ。それに気づけば人は亡命者になる。境界線に行こうとする。狂気に身を投げる。皇帝の喉をダイスでかき切るのがギャンブラーというものなんだ。ギャンブルは手段にすぎない。だから勝たなくてはいけない。カジノが自分の内臓に見えてくるまで勝負をすることだ。華田、僕の話がわかるか？」

紙粘土めいたスキンヘッドを見ながら話を聞いていると左手が痛むような気がしてきた。そう思うと本当に痛みが襲ってきた。薬指が鉄のペンチで挟《はさ》みつぶされる感覚。

「君以外の人間なら僕はこんな話はしないよ。僕は君にヒントを与えたんだ。ひとつはカネは目に見える神であるということ。もうひとつは死神は最強のディーラーであるということ」ハセガワはつぶれたロブスターの頭部の中身をなめて、それを皿の上に捨てた。ひしゃげた赤いかたまりは特殊メイクのオブジエみたいだった。「僕は君を気に入っているんだ。君は僕の数少ない友人の一人なんだよ。だから僕を受け入れてくれ」ハセガワはそう言って笑った。笑いながらもう一度言った。僕を受け入れてくれ。

ハセガワがスガヤマを呼んだ。背の低い老人は銀色のアタッシュケースを持ってきた。「このなかにカネが入っているんだ。ちゃんとしたカネだし、これはたった今から君の自由にしていいんだ。必要なら書類にもサインするよ。このカネを使ってギャンブルをやるんだ」

俺は足もとに置かれたアタッシュケースを開けてみた。札束がぎっしり詰まっていた。カネを手に入れたことを仙崎に電話で知らせなくてはいけない。それから数の髑髏《ナンバースカル》や古代インカ帝国や蒼白い焰や血の味のことも。でもあいつの携帯電話のバッテリーはもう切れてしまっていた。ちがうんだ。俺が言いたいのはそんなことじゃないんだ。ビルから人が飛び降りてきたんだ。それに仙崎もビルから飛び降りたんだ。あちこち皮が剝がれてしまって――いったい誰が生きていて、誰が死んでいるんだろう？　俺はアタッシュケースのふたを閉じた。ハセガワは愉快そうな声で「食事はもうすんだ？」と言った。「それならちょっとゲームをやろう」

俺とハセガワはカネを賭けないでブラックジャックをやった。三回やって三回とも俺が勝つことができた。俺が部屋を出ていこうとしたときにハセガワが言った。「華田、賭け続けるんだ。皇帝の喉をかき切るくらいにね」

intermission——幕　間——

物語というのは、狂気を効率よく調査するための、ひとつの装置です。

＊

ロシアン・ルーレットという名前のゲームをご存知でしょう。

回転式拳銃に弾を一発だけ装塡《そうてん》します。そして弾倉《だんそう》をいきおいよくまわして、どこに弾が入ったのかをわからなくします。それからじぶんのこめかみに銃口を当てて、ひきがねをひきます。六発装塡できる回転式拳銃なら、六分の一の確率で弾が入っているわけです。

「あたり」をひけば、鉛の弾があなたの頭蓋骨を砕き、眼球は車に轢《ひ》かれたミカンみたいに破裂して、火薬に焼かれた脳漿《のうしょう》がそこらじゅうに飛び散ります。あなたはまるでB級ホラー映画の特殊メイク役者のように、血だらけのぐしゃぐしゃになった頭を肩の上に載せて、床にばたんと倒れることでしょう。ひんやりした床の上に、黒ぐろとした血だまりが広がります。まるで冗談みたいです。

では、「はずれ」をひいて、ロシアン・ルーレットの危機からうまく逃れた場合はどうでしょうか。

まずあなたはひきがねをひく。がきん。空っぽの弾倉を叩いた撃鉄《げきてつ》が、十円玉の匂いがするような乾いた音を立てます。その音がしばらく耳にこだまします。それから訪れる静寂。あなたは銃口をこめかみからゆっくりとはずして、汗ばんだ手でにぎっている拳銃をじっと見つめます。にぶい鉄の輝き。暗い光沢が湖に映った夜のように、不吉にゆらめいています。

「何も起きなくてよかった」とあなたは思うでしょう。「何かが起きたかもしれないのに、何も起きなかった」とあなたは思うでしょう。

あなたはたしかにひきがねをひきました。弾倉はたしかに回転しました。でもあなたは死にませんでした。

あなたは過去と連続した空間を生きています。いっさいは変わらず、乾いた撃鉄の音とともに、あなたはひとりぼっちで、この世界に取り残されます。

「銃弾が発射されなくてよかった」とお思いですか？　生還したことで勝者になったおつもりなら、あなたは何ひとつ理解していません。

お察しの通り。あなたはロシアン・ルーレットの敗者になったのです。

あなたの人生はすべて、じぶんがロシアン・ルーレットの敗者であることを忘れるために、無駄に費やされるでしょう。何をやっても、あなたの耳もとで十円玉の匂いがする乾いた撃鉄の音が鳴り続けます。テレビを見る。がきん。映画を見る。がきん。本を読む。がきん。インターネットをのぞく。がきん。メールを書く。がきん。スポーツをする。がきん。デートをする。がきん。セックスをする。がきん。ものを食べる。がきん。商売をする。頭を壁に打ちつけて泣いてみたりする。がきんがきん。がきん。がきん。がきん。がきん。十円玉の匂いがする乾いた撃鉄の音が、耳もとで鳴り続けます。それを忘れるために、あなたは別の刺激を探しにいきます。ですが、この世界は砂漠のように不毛です。探してみたって何もないことは、じゅうぶんお分かりでしょう。ここはロシアン・ルーレットの敗者たちの群れで満ちています。彼らは亡者のように蒼ざめて、通りをせわしなく歩いている。彼らはなぜじぶんたちが敗者になったのか、理解することができません。無理もないことです。人間には理解できなくて当然でしょう。がきん。がきん。アハハ。

あなたが、人並みにものを考える力をもっているのなら、真っ暗なかびくさい部屋で、座り心地の悪い鉄パイプの椅子に座って暮らしているうちに、ひとつの疑問を抱くようになります。

「人間はなぜ、じぶんに銃口を向けてひきがねをひくことができるのだろうか？」

あなたは蒼白い顔をしたロシアン・ルーレット生還者の群れのなかを泳ぎ、ときに彼らとこぜりあいになり、殴りあい、殴られた目をはらしながら、弱った夜の蛾《が》になったみたいな気持ちで考えます。

「人間はなぜ、じぶんに銃口を向けてひきがねをひくことができるのだろうか？」

　なぜだと思います？

　答えは簡単です。この世界には死神がいるからですよ。あなたがじぶんに銃口を向けているのではありません。死神があなたの横に立って拳銃をにぎり、銃口をこめかみに突きつけているのです。死神はあなたの神経に住んでいます。死神はあなたの眼球の虹彩《こうさい》に置いたテーブルで食事をしています。死神はあなたの骨を明かりにして本を読んでいます。

ロシアン・ルーレットは自殺ではない。死神があなたに拳銃を突きつけてはじめて、ロシアン・ルーレットのゲームが成立するのです。

　この世界は、死の法則と生の牢獄《ろうごく》でできています。この二つのあいだに暗い膜があります。そこに運命がひそんでいます。天使は必然を呼びますが、運命にかかわっているのは死神です。

　少しお話ししすぎました。もうじゅうぶんでしょう。どうぞこちらの椅子におかけください。特別な拳銃がここにあります。こめる弾は一発だけ。もし吐きだしそうなら、胃の内容物を今のうちにすっかり吐いてしまってください。アハハ。絶望は美しいものであることが、あなたにもおわかりになってきたようですね。よろしい、絶望はこのゲームに必要な栄養分です。希望に満ちている人間が賭けに手を出す必要があるでしょうか？　さて、ざわついていた風も止んできました。木々も息をのんでいます。ゆたかな闇のコーラスが聴こえてくるでしょう？　内臓が震えるような美しいロシアン・ルーレットを試してみましょう。

22

歩いているうちに空が曇ってきて、街全体がうす暗くなった。それでも肌がべとつく蒸し暑さは変わらなかった。霧みたいな細かい雨が降ってきた。気にならないくらいの雨だったけれど、俺は通り沿いにあった本屋に入って雨をやりすごすことにした。冷房が効いている店のなかを二人の小さな子どもが走りまわっていた。二人は兄弟らしかった。店内にいる客は子どもの叫び声のなかで静かに本を立ち読みしていた。俺はインテリアやデザインの雑誌を手に取ってページをめくり、かけまわる子どもの声を聞きながらバウハウスや建築家のジャン・ヌーヴェルの記事を読んだりした。そういえば以前いた会社で熱心にジャン・ヌーヴェルについて話をしたことがあったな、と思った。あの時は仙崎と——ほかに誰がいたっけ？　雑誌を棚にもどして、どうでもいいようなコピーのついた週刊誌を取ってレジに行った。

週刊誌の入ったビニール袋を持って本屋の自動ドアを出ると、雨はまだ降っていた。さっきよりも少し強く降っているようだった。しかたなく俺は歩きだした。ほかの人々も足早に通りを歩いていた。通りを歩いている後ろ姿のなかに378という数字が見えた。その男は頭を坊主刈りにしていて、茶色のスウェット・シャツを着ていた。スウェット・シャツの背中に黄色で378と書かれていた。何の数字だろうと思った。男はしだいに強くなる雨のなかを急いで歩いていた。すぐに数字は人ごみのなかにまぎれ込んで見えなくなった。

信号を渡ろうとして横断歩道の前に立つと、向かいの通りのビルに美容室が見えた。それはビルの三階にあった。大きなガラス張りになっているせいで美容室のなかがよく見えた。眼鏡をかけた男が客の髪に当てたハサミを細かくうごかしていた。隣の椅子に座っている客の頭にはキャップがかぶせられていた。その客は前を向いたままじっとしていた。美容室の白い天井に照明が光っていて、天井に取りつけられた羽根がゆっくりと回転していた。三階にある美容室から視線を上の方にすべらせてビルの屋上を見上げた。四角い壁面の背後を灰色がかった雲が流れていた。あの場所から飛び降りたらどんな気分だろう。浮いている感じがしたりするのかな？　でもあの高さだったらすぐに地面に着いてしまうはずだ。せっかく飛び降りるのならもっと高いビルにしてみたい。強烈なスピード感を味わったりできるのだろうか。意外と静かな感覚なのかもしれない。風の音だけが聴こえてあとは真っ暗になるだけ。それとも飛び降りたら何も考えないのかな。

雨が強くなってきて、俺はドーナツショップに入った。アイスコーヒーを頼んで、それからガラスケースのなかのドーナツを見た。別にどれでもよかった。俺はシュガーレイズドを注文した。テーブルについてアイスコーヒーを飲み、砂糖の粒がぱらぱらと落ちるシュガーレイズドを食べた。ビニール袋から週刊誌を取りだしてページをめくってみた。俺が興味を持てるような記事はひとつもなかった。タバコを吸った。店のなかはスピーカーから音楽が流れているほかは静かだった。みんな黙ってドーナツを食べたりコーヒーを飲んだりしていた。シュガーレイズドをもうひとくち食べてみた。半分ほど食べたところでじゅうぶんになった。残したドーナツをつかんでアイスコーヒーのなかに入れた。砂糖の粒がはがれてドーナツはやわらかくなった。ドーナツはアイスコーヒーをすぐに吸い込んで、やがてそのなかに沈んでいった。

店を出ると雨はあがっていた。でも灰色がかった空はまだそのままだった。アスファルトが水浸しになっていた。さっきよりも歩いている人間の数が増えていて通りは騒がしくなっていた。俺はゴミ箱を見つけて週刊誌を捨て、人ごみの流れのなかに入って歩きはじめた。自転車を押した男が前からやってきた。小さな男で、あちこちにしみのついた汚れたシャツを着ていた。男は釣具屋で売っているような妙なマークのついた安っぽい野球帽をかぶり、人ごみのなかで窮屈そうに肩をすぼめて自転車を押していた。うつむいている男の顔はよく見えなかった。男とすれちがった時に誰かが「人はみんな死ぬんだな」と言った。俺は自転車を押している男を見た。後ろ姿しか見えなかった。俺は周囲を見まわした。たくさんの人間の足音や話し声がごちゃ混ぜになっていた。

23

カジノのバーにあるカウンターに座って、俺はビールを飲んでいた。左手の薬指の付け根には赤いサージウスが埋め込んであった。赤い石をうすい皮膚の膜が覆っていて、そこには血が固まっているみたいに見えた。サージウス。血の色をした紅玉髄。それは指の骨に寄り添うようにして埋め込まれていた。その石は皮膚の下の血管に流れている血を飲んでいるみたいだった。この赤い石は俺のシンボルだ。ビールを飲みながら俺はそう思った。皮膚の下に埋め込まれたそれは生命でもないし物質でもない。サージウスはシンボルだ。確実なものは何もなくて、賭けを続けて、必然と偶然の境界を幽霊みたいにさまよって生きていることの証明みたいなものだ。ちょっとビールを飲みすぎたかな？俺は新しいビールを頼んだ。カウンターの正面は鏡になっていた。うす暗い照明に浮かび上がっている鏡には何かの植物の絵が描いてあった。鏡の前にいろんなウイスキーの瓶が並んでいて、その背後に俺の顔と近鉄バファローズの帽子をかぶった男の顔が映っていた。薬師寺は俺とひとつ席を空けた隣に座って酒を飲んでいた。

「ずいぶん立派なものを埋め込んだじゃないか」しばらく黙っていた薬師寺が言った。「ガキみたいなピアスよりいいかもしれないな」薬師寺の声は機械みたいな静けさがあって妙に心を落ち着かせる効果があった。心を落ち着かせる——ひっきりなしに続くこいつのせせら笑いを無視できるなら。

「サージウスという石なんだ」と俺は言った。サージウスか、と俺は思った。俺は何でこんなものを埋め込む気になったんだろう。「俺のシンボルみたいなものかもな」

「それがファッションじゃないのならシンボルだ」と薬師寺が言った。「シンボルを持つ奴はみんな宇宙と戦争をすることになるんだ。昔からそうなっているんだよ。偶然と死でできているクソみたいな宇宙を相手に戦争をやることになる」

「お前の話はよくわからないんだけど」と俺は言った。「でも戦争しなきゃ生き残っていけないのはよくわかるよ。ほかにも方法がないのか疑問に思うくらいだ」

「生きることは戦争を仕掛けることだしな」と薬師寺が言って笑った。

隣の席で大きな笑い声がして、それからすぐにグラスが落ちて割れる音がした。若い男と女が酒を飲み終えて席を立つところだった。グラスを落としたやせた男がバーテンダーに謝っていた。やせた男はさっきから女に向かって絶えまなくどうでもいいことをしゃべり続けていて、舞い上がっていた。あの調子ならグラスを落とすくらい当然だ。やせた男はアインシュタインの顔がプリントされたＴシャツを着ていた。アインシュタインが舌を出している有名な写真で、顔はモノクロだったけれど舌の部分にだけ赤い色がついていた。顔の下にはその物理学者の言った**God does not play dice**《神はダイスを振らない》の言葉が印刷されていた。そういうシャツを着てカジノに来るなんてなかなかおもしろい奴なのかもしれない。でなきゃただの馬鹿な奴。俺はアインシュタインの舌を見つめた。それからサージウスを埋め込んだ左手でビールの入った冷えたグラスを握った。薬指に伝わってくる感覚が少し弱いような気がした。「あいつアインシュタイン好きなのかな」と俺は言った。「お前はアインシュタイン好きか？」俺は薬師寺に自分でも何の関心もないことを訊いた。アインシュタインが好きかどうかだって？ そんなことはどうでもいいんだ。まちがいなく飲みすぎたな。

薬師寺はタバコをくわえたままアインシュタインのTシャツを眺めていた。

「天才だけど才能のない奴だろう」

「天才だけど才能のない奴」俺は薬師寺の言った言葉をそのまま繰り返してみた。天才だけど才能のない奴。

「例えばルーレットの数の配列を考えた人間は天才だって言われている。だけどお前みたいに数を当てられたわけじゃない。装置を考えるのはシステマティックなんだ。でも賭けはシステマティックじゃない。賭けは装置を破壊する。ギャンブルはシステムを破壊するためにあるんだ。装置は装置にすぎない。賭けがこの宇宙の器なんだ。宇宙を考えるのはギャンブルの才能だ。それが才能ってものだろう」

「アインシュタインは物理の天才で、でもギャンブルの才能がなかったのか」

「あいつは宇宙がギャンブルでできていることが認められなかったんだよ。ギャンブルのなかにもシステムはある。ギャンブルはシステムだ。だけどシステムでギャンブルをすることはできない。そういう奴は必ず破滅する。これが不思議なところなんだ。でもアインシュタインは変わった奴だと思うよ。あいつはしょっちゅう女にラブレターを書いていたんだ。知ってるか？　あいつが『宇宙には光と女の尻しかない』くらいに思ってたのなら、それはなかなか悪くない結論だと俺は思うね。どんな奴だってカネかセックスかのどっちかに転んでいくんだ。クスリだってその一部だしな」

「光があって、あとはカネとセックスか」と俺は言った。確かに、なかなか悪くない気がする。光があって、あとはカネとセックス。バーテンダーをやっていた男がグラスの破片を片づけていた。俺はビールを飲んで、鏡に映っている近鉄バファローズの帽子に向かってもうひとつ訊いてみた。「ギャンブルって何だろうな」

自分でそう言って、同じことを俺もハセガワに訊かれたのを思いだした。あの紙粘土めいたスキンヘッドの男はギャンブルについて何かをしゃべっていた。でもあいつは何て言ってたっけ？

「暗喩《メタファー》だと思うね」薬師寺はそう言った。この世界のシステムのメタファー。「それはシンボルに変容することになる。お前もシンボルを指に埋め込んでいるだろう」

そう言われて、俺はついさっき確かにサージウスのことをシンボルと呼んだことを思いだした。でも何のシンボルなんだろうか。自分自身がコントロールできないことのシンボルだろうか。俺にはわからない。それでもそれは、シンボルだ。俺にとって何か意味のあるもので、だけどそれにどんな意味があるのかなんてわからない。

「メタファーがシンボルに変容したのがギャンブルだ。それは人間にただひとつのことだけを突きつけるんだ」と薬師寺は言った。「何だと思う」

俺は黙って首を横に振った。バーテンダーはようやく割れたグラスの破片を拾い終えてカウンターのなかに戻った。

「人間は奪うことだけができて与えることはできないということだよ。それもまたメタファーだ。そのメタファーがシンボルになったものがカネなんだ」と薬師寺は言った。

会話のあいだに沈黙がすべり込んできて俺たちは口を閉じた。薬師寺はタバコの煙を吸い込み、俺はグラスに入ったビールを飲んだ。グラスが空になるとまたビールを注文した。新しいグラスのビールを飲みながら腕時計を見た。午前二時十五分。「つまらないわけじゃない。でももう少しシンプルな話にもどさないか」俺はカウンターの向かいの鏡に映っている帽子に話しかけた。「シンプルなやつだよ」

「俺だっておしゃべりだけして帰るつもりはこれっぽっちもないよ」薬師寺も鏡に映っている俺にせせら笑いながら言った。「でもモノを考えるのは重要なんだ。日頃から深く考えているとブッ飛びやすくなるんだ。わかるよな？　神経が引きちぎられていく感じをよりよく味わえるんだ。それでさ」と薬師寺は言った。「『スウェット・ロッジ』って知ってるか？」

「サウナみたいなやつだろ。ネイティブ・アメリカンがやる儀式だ」俺はビールを飲んだ。

「そんな感じの結構おもしろい儀式があるんだけどな。運試しにやってみるか?」そう言って薬師寺はゲームの名前を俺に教えた。聞いたことはない名前だったけれどだいたい予想はついた。そういうのもありだ、と俺は思った。じゅうぶんありだ。話は俺の希望通りシンプルな方向にもどったようだった。シンプルな方向——何ごともやってみなきゃわからない。

「お前、カネ持ってるか?」と薬師寺が言った。

「貸金庫に取りに行かなくちゃならない」と俺は言った。「そのあいだに酔いを醒ましてくるよ。カネを持ってここにもどってくればいいんだな」

「俺もハセガワさんに鍵を借りてこなきゃならないんだ」と薬師寺は笑いながら言った。「カネを取ってこいよ。俺は鍵を借りてくる」

24

薬師寺はそのゲームをただガスと呼んでいた。ガスをやろう。つまりはそれだけのシンプルな話。鍵を開けて入ったマンションの一室はがらんとしていてレコーディングのスタジオみたいにも思えた。そこがガスをやる部屋だ。四方の壁はゆったりしたオリーブ色のカーテンで覆われていた。フローリングの床の中心にテーブルが置いてあって、俺と薬師寺についてきた男はそこに卵を並べはじめた。その男はゲームの立会人だった。「まともな奴が一人必要なんだ」と薬師寺は俺に向かって言った。「ラリったことがあるならわかるだろ」テーブルに並んだ九つのニワトリの卵。そのうちの一個は産みだされて間もない卵で、ほかの八個は内部でニワトリの胎児が育ちつつある卵だ。九つの卵からまだ胎児の姿がない一個の卵を選び、選んだ卵をじっさいに割って結果を確かめてみる。チャンスは一回だけ。失敗すれば成長途上のニワトリの胎児がこぼれてでてくる。二人とも正解を当てることができなければ賭けは成立しなくなって、また新しい九個を並べたところからはじめる。薬師寺はガスのルールを俺に説明した。ルールはそれだけ。でも条件はそれだけじゃない。「言わなくてもわかるよな？」と薬師寺は言った。俺は天井に貼りついている黒いゴムホースを見ていた。それは蝶《ちょう》の口吻《こうふん》みたいに渦を巻いてコンクリートの天井に貼りついていた。九つの卵はガラスのエッグカップの上に載せられてテーブルの上に並んでいた。

「オムレツに使えそうな卵を当てればいいんだろう」と天井とテーブルを交互に見ながら俺は言った。

「これがかなり楽しめるんだ」と薬師寺が言った。「ちょっとしたパ、、、ーティ、、、ーだと思えばいいんだよ。ガキがやっているパーティーと変わらない」

「卵をシャッフルしてくれよ」と俺は立会人の男に言った。男は卵をエッグカップから外して順序を替えて配置した。

「イカサマはなしでいこう、自力でやる」薬師寺が笑った。顔が奇妙にゆがんだ。立会人の男が部屋の隅に下がった。「いくら賭けようか」と薬師寺は言った。

天井からタイヤの空気が漏れるみたいな音がした。俺は天井に貼りついているゴムホースを見ていた。甘い匂いが部屋のなかに広がってきた。嫌な予感がしたが、でもたぶんいけるだろう。死ぬことはないだろう。それに死んだって別に関係ないんじゃないかな？　やわらかくて甘い匂いがした。少しずつ目の奥が温かくなるような感じがした。部屋の隅に立会人の男がガスマスクをして間抜けな感じで立っていた。俺はガスマスクを見て苦笑いした。もう一度苦笑いした。壁を覆っているオリーブ色をしたカーテンを開けてみた。そこには窓はなくてコンクリートの壁があるだけだった。一枚の大きな絵が掛けられていた。よく見ると絵なんて掛けられていなかった。でもよく見るとやっぱり絵が掛けられていた。ピアノが描いてあって、ピアノから少し離れたところには座っている一人の男が描いてあった。ピアノの鍵盤《けんばん》の上に六つの焔が浮いていた。焔のなかには人の顔があった。ピアノの向こうにわずかに開いたドアがあって、そこには岩にもドレスを着た気持ち悪い女にも見える何かがのぞいていた。確かダリの絵だったはずだよな。数秒待っているとタイトルが浮かんできた。『ピアノの上のレーニンの六つの幻』。その通りだ。そういうタイトルだった。「楽しめよ」と薬師寺が言った。「結構効くけどこれで死ぬことはない」試しに俺はドアを開けてみようとしたが、もちろんびくともしなかった。部屋の隅には男がガスマスクを着けて立っていた。ピアノの上のレーニンの六つの幻。俺は出口を探そうとしたが、すぐに壁に掛かった絵からでたらめなピアノの音が聴こえてきた。何の絵だったっけ？　ピアノの上のレーニンの六つの幻。息を止めようとしたけれど長続きしない。甘い匂いが鼻と喉に流れ込んだ。頭が痛くなってきて、喉のなかに氷を突っ込まれた感覚がした。あちこちから胃に重力がかかって内臓をにぎりつぶされるような気がした。ひどい嘔吐感が襲ってきた。耳のなかで渦巻きが起きていた。それはぐるぐると渦を巻いていたかと思うと正方形のダイスに変形してぴたりと静止した。それは正方形のダイスに変形してぴたりと静止した。ひどい嘔吐感が襲ってきた。ダイスからクラクションの音が聴こえてきて床や天井がぐるぐるまわりコンクリートの壁が剝がれて破片が宙を舞った。どうしたんだよ？　薬師寺の声が遠くから聴こえてきた。ギャンブルを楽しめよ、と薬師寺は言った。野球帽が痙攣していた。そこに変なマークがついていた。華田から先に卵を選べよ。薬師寺が俺の横に立って肩を叩いた。お前よく平気だな、と俺は言った。どうにかして視線の焦点を合わせようとすると部屋の隅で自分の指を折り数えて立っている薬師寺が見えた。妙な歌を鼻声で歌っていて卵の方なんて見ていなかった。早くこの部屋を出るんだ、と俺は思った。これはかなりヤバいことになる。でも外に出たところでいったい何があるんだ？　これはギャンブルなんだ。賭けなんだ。勝てよ。勝ってあいつから削り取れ。華田。俺の名前は華田。じゃあ、あいつは？　薬師寺かな？　薬師寺って誰だ？　何で俺はこんな奴といっしょにいるんだ？　薬師寺はよく知っているよ。薬師寺はヤクシってあだ名の奴だっただろう。近鉄バファローズ。だから俺は華田。華田って誰？　それはお前の名前だ。お前が華田なんだろ。ちがう。華田華田華田。さあ卵を選べ。卵はぜんぶでいくつだった？　頭の奥で音が聴こえるんだ。チュルチュルチュル。胎児が鳴く音がするんだ。キィキィ。それは急ブレーキの音。ジギジギ。そっちは頭の皮が剝げていく音。テーブルに並んだ九つのニワトリの卵がある。九つ。そう九個だ。それをぜんぶ割るんだ。割るんじゃない。ところでこれは何人でやるゲームだっけ？　そのうちの一個は産みだされて間もない卵。そうだね。それを知りたかった。ほかの八個は内部でニワトリの胎児が育ちつつある卵。それから。その続きだ、俺が知りたいのは、もう一人、誰だっけ？　もう一人の奴がいるんだよ。チュルチュルチュル。キィキィ。ジギジギ。華田華田華田。近鉄バファローズ。じっさいに選んだ卵を割って結果を確かめる。そうだ、割るんだ。ぜんぶ割るんだ。胎児の姿がない一個の卵。九つの卵のなかからひとつだけ。選ぶんだ。ひとつだけを選べ。それはいいけど何で？　壁を殴ってみたら拳《こぶし》が裂けてしまった。左手に何かが赤く光っていた。俺は吐きそうになった。やっぱり吐いた。赤い輝きがあった。それは波打ちながら血に似た感じで赤く光っていた。薬師寺がテーブルから引き剥がした。俺はそいつをテーブルの上の卵を全部叩き割ろうとしていた。俺はそいつに組みついてテーブルから引き剥がす。テーブルの上の黒く塗られた卵を選ぶ。どの卵も中身が透けて見える。卵のなかに透明なからだに糸みたいな脊髄《せきずい》と毛細血管ができたばかりのニワトリの胎児がいる。まだ羽根もないしくちばしもない。隣の卵のなかにギーギーと鳴いているトカゲの頭が入っている。その頭がニワトリの胎児を食っている。隣の卵のなかにはぐにゃぐにゃにゆがんだ鋼鉄製の戦闘機のプロペラがヘドロのなかで回転していてひどい悪臭と泥のしぶきを俺に向かって飛ばしている。隣の卵のなかで田舎《いなか》に住んでいる俺の父親が服を着たままからだをでたらめに折りたたんで何かをブツブツつぶやいている。よく見ればそれはムカデみたいに関節が増えた俺自身なのかもしれないし、とにかくまともな卵がひとつもない。オムレツに使えそうな黄身と白身の生卵なんてどこにもない。イカサマだ。全部イカレた中身の卵だ。こんな気味悪いものは叩き割って燃やしてしまった方がいいんだ。どの卵がいちばんよく燃えるだろう？　賭けようじゃないか。これはギャンブルだ。俺は誰だ？　華田華田華田。俺は俺の名前を呼ぶ。名前を呼ぶ。名前は遠いところからささやき声で聴こえてくる。選べ。華田が言う。これは賭けだ。胎児のいない卵を選べ。12345678 9。卵に数をつけるんだ。華田が言う。これなら分かるはずだ。さあ数の世界をのぞき見ようじゃないか。お前は頭蓋骨のなかに数を飼っているんだ。九個の卵がひとりでに割れはじめた。血や泡みたいな液体がこぼれだした。卵のなかから透明なニワトリの胎児の脊髄や鋼鉄製の戦闘機のプロペラやヘドロや折りたたまれた俺の父親とそれにムカデに似た俺自身が流れだした。俺は床に黄色い胃液を吐いた。胃液は床の上でしだいに集まって一個の卵になった。何をやってるんだ？　華田がいら立った声で言った。卵が増えてしまったじゃないか。これで余計に勝つ確率が減ってしまった。これ以上卵を増やすな。「賭けようじゃないか？」と薬師寺が言った。「ガスをやろう」薬師寺が俺を突き飛ばした。薬師寺はテーブルの足を折ろうとしていた。それをハンマーみたいに振りまわして俺を襲うつもりにちがいなかった。俺は襲われる前にテーブルを引っくり返した。ざまあみろ。薬師寺がテーブルの下敷きになって獣みたいにうめき声をあげた。九個の黒い卵が宙に浮いていた。一瞬静止して、すぐに卵は床に落ちた。床に落下する卵を俺は這いつくばってどうにか受け止めた。床の上で砕けたエッグカップのガラスが跳ねて背中の上に落ちてきた。テーブルがいつのまにか元にもどっていて、テーブルの上に誰かが座っていた。そこには黒い影が座っていた。影はじっとしていて眼球だけが時折上下にうごいた。うごくのはいつも片目だけで一方の目は俺をじっと見ていた。眼球のなかで何かが沸騰《ふっとう》しているみたいだった。プツプツと小さな音が聴こえた。それはプツプツという音に聴こえた。今にも眼球が破裂しそうだと思った。やがて音が止まって、眼球が中心からゆっくりと左右に開いた。ゆっくり開く。焼けただれた皮がめくれるみたいに。その奥に深淵がのぞいていた。そこが深淵だった。影のなかにさらに闇があって暗黒があった。俺は目を閉じようと思った。何も見ないでおくんだ。あれをのぞいていたら確実に気が狂ってしまうだろう。目を閉じようとしたけれど俺のなかの何かがそれを拒んだ。何かがそれを拒否した。それはこう言った。華田、アレがお前に力を与えた深淵なんだ。それはこう言った。お前は頭蓋骨のなかに数を飼っているんだろう？　いつそうなったんだ？　それはこう言った。何でそんなことが可能になったんだ？　すべてはあの深淵のおかげだろう。わかるよな？　影はテーブルの上の卵をつかんでひとつずつゆっくりと飲み込みはじめた。それは人形のかたちをした黒い蛇みたいに見えた。殺してやるんだ、とそれは言った。殺してやるんだ、とそれは言った。影の口が裂けて喉の奥が見えた。卵はそのなかへ消えていった。影が俺の方に伸びてきて、俺は悲鳴をあげながらテーブルを蹴って影を押し倒そうとした。影が床の上に落ちた。それは軟体生物みたいにゆっくりと床を這ってきた。俺は影をテーブルでめった打ちにしようと思った。背後で誰かの叫び声がした。テーブルは重かった。でもそれを持ち上げてぶつける以外に何も考えられなかった。でもまだぶつけないうちに影からはあり得ないほどの多量の血が流れてきた。そこにもプツプツと音をたてて沸騰している眼球がいくつものぞいていた。「華田さんの勝ちですよ」男の声が俺の肋骨のあいだから聴こえてきたように思った。俺は肋骨を触って確かめた。その声は古い蓄音機から出てきたみたいにくすんでひび割れていた。誰かが激しく咳込んでいた。あんなに激しく咳をしたら内臓がそっくり口から出てしまうんじゃないか？　部屋のなかは嘔吐物《おうとぶつ》とそれにでたらめな量の血にまみれてぐちゃぐちゃだった。甘い匂いが全身を満たしていた。そのからだがゼリーみたいにやわらかくなっているのを感じた。壁から闇が津波みたいに押し寄せてくるのを眺めながら、こういう気分は味わった奴じゃないと絶対にわからないだろうな、と思った。これ、わからないだろうな。

＊

二度と後もどりできないところまで来たわけだ。脱出口はどこにもない。パーフェクトな悲劇。この世では残酷さだけが本物だ。命は残酷だ。現れる時も失われる時もそうだ。でもどちらも幻にすぎないんじゃないか？　よくわからないうちに生まれてきて、それから死んでいく。俺は意識を失ってぐっすり眠っていた。目が覚めると薬師寺をぶちのめしてやりたいと思った。喉が焼けつくように痛かった。吐き気がして涙も止まらなかった。何がギャンブルだよ？　笑い話もいいところだ。まともじゃない。お前の脳味噌はムカデの足でできているんだ。でも薬師寺の頭から牛の角が刺繍《ししゅう》された近鉄バファローズの帽子が消えてしまっているのを見たとたん、怒りはどこかに行ってしまった。怒りは霧みたいに消えてなくなってしまった。俺は足もとがふらつくのを感じた。

「心臓が悪かったのかな？」とハセガワは言った。「心臓が悪かったのかな？」

そう言ってハセガワは首を傾げながらマリファナを吸った。心臓が悪かったかだって？　何の話なんだ？　こいつがぴくりともしないのはどう考えたって過剰摂取《オーバードーズ》のせいだろう？

「通常の三倍の量だ」とハセガワが言った。「致死量ぎりぎりだよ。どうしてそんな量のガスが放出されたのか僕にもわからない」

俺はあきれた顔をして紙粘土みたいなスキンヘッドの男を見た。ハセガワのクレーターに似た奇妙なでこぼこのある頭。薬師寺はぴくりともしなかった。脈くらいはまだあるのかな？

「『犯人はお前』とでも言いたい顔だよね」ハセガワは微笑んだ。「ガスの量が三倍だろうと四倍だろうとそんなこと構わないだろう？　そもそも君たちは地獄が見たかったんじゃないのか？　二人のギャンブラーがカネを賭けてガス室に入る。それはギャンブルのなかでも最もきれいな装置だよ。きれいな装置にかかれば救いがたく卑しい者も美しくなる。それなら君たちは美しいよ。それに、せっかくだから『殺したのは自分かもしれない』、そう思ってずっと生きていけばいいじゃないか」ハセガワは真顔になった。「真実が何になるんだ？誰に責任があるかなんてわかるはずもない。トラブルっていうのはそういうものだろう。誰が悪いとかはわからないんだ。善悪はないんだ。弱い奴から死んでいくだけなんだ。その流れを押しとどめることはできない。僕は嘘をつくかもしれない。あるいは薬師寺は自分でガスを三倍にして自殺を図ったのかもしれない。あるいはガスを増やしたのは立会人の男だったのかもしれない。もちろん華田君かもしれない。僕が部屋に忍び込んでガス栓を開放したのかもしれないし、可能性は無限にあ、っ、た。でも出、た、目は薬師寺の死だ。それ以外の目が出た可能性を永久に考え続けることはできるよ。それでも出た目は揺るがないし、そうである限り、君には代償を払ってもらわなくてはならないね」ハセガワは目尻のあたりをつめで引っかいた。「いっしょに死体を森に埋めにいこうよ」

俺は左手の薬指に埋め込まれた赤い石を見た。赤い石は皮膚の下で血管と骨にからみついていて月みたいに静かだった。血の色のなかに疲れきった俺の顔が映っている気がした。

「こういう美しいお話なのですが」そう言って宝石商は感心したように首を振った。「あんな少年が本当によくできたお話を作るものですよ」

＊

宝石商は冷めたコーヒーの入ったカップを持って立ち上がった。新しいカップをお持ちしますよ、と宝石商は言った。俺は宝石商が深く印象を受けたというサージウスの寓話について考えていた。土くれと赤いサージウスのお話。確かにそれはよくできたお話だったし、ストーリーのなかに重大な欠陥というのも特にないような気がした。でもそれほど深く印象を受ける話だろうか？

俺は目の前の箱にあるサージウスの石を眺めていた。サージウスの石は四つあって、そのうちのひとつが俺は気になっていた。輝きのある雄石とくすんだ雌石を接合させた、かなり古い時代の加工品だった。宝石商がコーヒーカップを持ってもどってきて、テーブルに置いたカップに温かいコーヒーを注いだ。

「サージウスの名前の由来についてなんですが」と宝石商は言った。「小アジアと呼ばれる地域にリディアという王国があったんです。現在のトルコのあたりですよ。サージウスの名前はリディア王国の首都サルディスに由来するとされています。このリディア王国で世界最初の鋳造《ちゅうぞう》貨幣が造られたんですよ。紀元前七世紀のことです。ご存知でしたか？　金と銀の自然合金のエレクトロンという金属があって、リディア王国ではエレクトロン貨が使われていたんです。やがてそれは金貨と銀貨に姿を変えて、ギリシア人の手で世界中に広められたんですよ」

25

喉の痛みがひどくて涙も止まらなかった。頭も朦朧としていていったい何がどうなっているのかよくわからなかった。はっきりと目が覚めていない気がした。でも夢を見ているのでもなかった。俺は確かに現実にいた。それを正しくとらえられていないだけだ。それがゆがんでいるせいでこんな気分なんだ。それでも俺はトランクにそれをひきずり込んでドアを閉めて自分も車に乗った。車はたぶん黒かグレーのベンツだった。たぶん黒かグレー。ハセガワが車を運転した。ゆがんでいる感じはずっと襲ってきた。頭のなかが熱くなったり冷たくなったりして、喉にも痛みがあり、気を抜くと自分がどういう状況にいるのかすぐにわからなくなった。冷凍食品を積んだトラックが前を走っていた。道路工事が延々と続いていた。風景が細かく切り替わり、ハセガワが何かをしゃべっていた。俺とハセガワは車のトランクにそれを運び込んだ。引きずるようにしてそれをトランクまで移動させた。でもあいつ本当にいっちまったのかな？　車は森に向かっていた。木々のなかのせまい砂利《じゃり》道を走った。タイヤが小石を弾いていく音がした。トランクのなかからそれを引きずりだすとジーンズに大きなしみができていてきついアンモニアの臭いがした。ハセガワがそのジーンズのポケットから財布を取りだした。俺は何も言わなかった。やらなきゃならないことはひとつだけだ。俺はそれを担がなきゃならなかった。目も喉も痛かったが俺はそれを担いでハセガワの後についていった。そこには三十センチくらいの盛り土があった。死体をその隣に埋めるようにとハセガワは言った。俺は車に積んできたシャベルで土を掘った。こういうときに穴を掘るのはどう考えたって悪夢だ。でもそれはすぐに労働に変わった。悪夢がずっと続いたとしたら人間はそれに耐えられない。どんな奴にだって本当におかしくならない限り罪悪感は残っている。でも労働になったらそれは消えてしまう。だってそれは労働だからだ。それならどんなことでもやる。とんでもないことだってやれる。ときおり現れる石を取りのぞきながら穴を掘る。喉と目とそれに頭にも痛みがある。でも深い穴を掘り終えたときに俺は奇妙な充実感を覚えている。シャツは汗にまみれて髪は額に貼りついている。そしてこれは現実のできごとだろうかと考える。森にやってきてどのくらい時間がすぎたのかもわからなかった。まだ日は落ちていなかった。木々のあいだから日が差し込み、落ち葉が重なった暗い森の地面に光のネットをつくっていた。俺は昼でも夜でもないうすい闇のなかにいた。

光が強くなると緑色をした血管や神経が複雑にからみあっているみたいな森が浮かびあがった。そのなかに透明なものがあった。俺は汗をぬぐって目の焦点を合わせようとした。頭をはっきりさせようとした。四メートルくらいの立方体がある。いや、三メートルかな？　透き通ったガラスでできていて、なかは空洞だった。背後の樹木が透けて見えた。俺の前にスキンヘッドの男が立っていて、そいつは俺に向かって何かをしゃべっていた。男の年齢は五十歳くらいに見えた。あるいはもっと年をとっているのかもしれない。長身でやせていた。白い開襟シャツと黒いスラックスを身につけていた。どれも高級なもので清潔でしわひとつなかった。ひもつきのよく磨かれた黒い革靴に静脈の浮きでた白い素足を差し込んでいた。スキンヘッドにわし鼻。顔全体が紙粘土めいた感じだった。眉がうすくてあるのかないのかわからなかった。紙粘土でできた頭蓋骨の底からのぞいているみたいな目がこっちを見ていて、その顔は安っぽいホラー映画に出てきそうな感じだった。白い手はやわらかいトカゲの腹に似た皮膚をしていて、湿っている感じがした。長い指でスキンヘッドの頭をなでまわしながら男は言った。「作業を終えたら休憩しよう。車にいろいろ積んできたしね。コーヒーを淹《い》れるよ。それともエスプレッソがいい？」

ガラスの立方体は森のなかではあきらかに異質な存在だったけれど、森の景色にとてもよくなじんでいるように見えた。カビの生えた大きな倒木とか苔《こけ》に覆われた石が立方体のすぐ脇に転がっていて、それらはその透明な箱を守っているみたいだった。俺は作業を続けた。アンモニアの臭いのするそれを掘った穴のなかに入れなきゃならなかった。でもこいつのかぶっていた帽子はどこにいったんだろう？　それに本当にもう死んでいるのかな？　俺は土をかけながら確かめようとした。ひどい頭痛と吐き気がして俺はシャベルを地面に置いてかがみ込んだ。何がどうなっているのかわからなかった。

ガラスの立方体には木でできたドアがつけられていた。大人がようやく通過できるくらいの幅で、それは立方体の側面についていた。俺はもういちどそんなものが本当にあるのか確かめようとした。それは確かにあるように思えた。視界をもっとはっきりさせようとして目を閉じると血でぐちゃぐちゃになった床やエッグカップに載った卵が見えた。卵のなかで変なものがうごいていた。どこかで人が叫んでいてそれは絶命する瞬間みたいなすごい声に聴こえた。

「コーヒーを淹れたよ」とスキンヘッドの男が言った。男はガラスでできた立方体のなかに入っていった。なかから男が手まねきをしていた。そこには椅子もあってテーブルもあった。テーブルの上にはコーヒーカップが置いてあってビスケットの載った皿もあった。ガラス越しにまわりの森がよく見えた。スキンヘッドの男は水の入ったグラスを手に持っていて、しきりに薬を飲んでいた。そういえばさっきからそいつはいろいろなものを飲んでいた。俺はコーヒーの香りをかいでみた。でも口には入れなかった。こんなに喉が痛かったらコーヒーなんて飲めるものじゃない。

「僕のことを蛇と呼んでくれないかな？」そのスキンヘッドの男は言った。左右の眼球が独立した生きものみたいに別々にうごいた。「蛇って呼んでみて」「蛇」と俺は言った。

「アハハ。楽しいね」そいつは本当に楽しそうに言った。それから財布を取りだした。さっき土に入れたばかりの奴が持っていた財布。俺はぜんぶ土をかぶせただろうか？　よく思いだせなかった。スキンヘッドの男は財布の中身を取りだした。「ほとんど偽札だね」と男は言った。それからまた男は「僕を蛇と呼んでみて」と言った。でもそんなことよりも俺は男が手に持っている猟銃の方が気になっていた。それは確かに猟銃だった。木でできたストックのところが黒ずんだ血のりに汚れていて泥もこびりついていた。

「死体には沈黙という才があるけれど、たいていの生きた人間は血のつまったただの袋にすぎないよ」蛇と名乗った男はスキンヘッドの頭を細長い指でなでた。「僕が好きなのはギャンブルをする人間なんだ。僕はギャンブラーが大好きなんだ。でも彼らでさえごくわずかな人間以外は血のつまったただの袋にすぎない」と男は言った。俺は目や喉の痛みと目眩にも襲われていて座っているほかには何もしたくなかった。横になるより座っていた方がまだよかった。寝転がってしまったらもっとひどくなる気がした。

「ここは静かだね。ルーレットでもやろうか」と男は言った。「君が車のトランクに入れただろう？」

テーブルの上にホイールとベッティング・レイアウトが用意された。男がホイールをまわしてアイボリー・ボールを投げ入れた。アイボリー・ボールが転がる音がして、俺はその音に耳を澄ました。俺にはリズムが必要だ。ぬかるんだ泥沼みたいな状態から脱けだすためのリズム。俺はアイボリー・ボールが転がる音に耳を澄《す》ました。「僕のことは蛇と呼んでくれよ。いいね？」男は念を押した。それから小石をテーブルに並べた。チップの代わりだ。俺は深呼吸をして椅子に座り直すとアイボリー・ボールの転がる音を聴いた。19、20、22、23の四目賭け《コーナー》。俺はベッティング・レイアウトに小石を置いた。俺には何かリズムが必要だった。慣れ親しんだものにしがみつかなきゃならなかった。音でも映像でもいいんだ。何かつながりのあるものを探してそれにしがみつくことだ。そうすれば苦痛が少しはやわらぐ。今いる場所からほんの少しだけ水面に近づける。

「本物のギャンブルをやりたくないか？」男はルーレットをまわしながら俺に訊いた。「どんなゲームだろうとゲームそのものは子供だましだ。楽しいのはその背後にある言葉なんだ。会話はもっとも贅沢《ぜいたく》なギャンブルのひとつ、そうだよね？」男のぎょろぎょろとうごく眼球に俺が映っていた。でもその映像はあまりにもはっきりしすぎているように見えた。「本物のギャンブルがやりたいなら悪に還るんだ。賭けはそこにあるんだから」

男は俺の心臓のあたりを猟銃の銃口でなでた。

「会話を楽しもうよ」と男は言った。「会話の背骨になり、思考の神経になるものが何か必要だね。だから僕が言う言葉を繰り返してくれないか」と男が言った。「ソノチカラハ諸事物ノ一切ノ価値ヲ転倒スル」

俺はその言葉を繰り返した。ゲームそのものは子供だましにすぎない。楽しいのはその背後にある言葉だ。それはまるで俺が言っているみたいに聴こえた。さあ繰り返してくれないか。その言葉は俺が言っているように聴こえた。スキンヘッドの男が俺の言った言葉を繰り返した。ソノチカラハ諸事物ノ一切ノ価値ヲ転倒スル。

「ギャンブルで欲望されるものは何だろうか？」と男が言った。「そこにある勝利や熱狂の中心にあるものは？」

目や喉に針が刺さっているみたいな痛みがあった。ギャンブルで欲望されるもの。そこにある勝利や熱狂の中心にあるもの。それはカネだ。俺はそれが欲しいわけじゃない。でも質問の答えはそれだ。「カネだ」と俺は言った。それから、でもカネは別に欲しくないんだ、と言った。俺には何かリズムが必要だった。それにしがみつかなきゃならなかった。神経をずたずたにしてくれるようなリズム。そのリズムのためにはカネを手にいれなきゃ話にならないだろう？

「まったくその通りだね。では、カネとは何だろうね？」男は手の指を大きく開いた。俺は何かを思いだそうとして上を見上げた。ガラスの壁があった。俺は確かにガラスでできた立方体のなかにいた。そのなかにいるような気がした。

「君は忘れてしまったのかな？　カネは目に見える神だよ」と男は言って、笑いながら指をゆっくり閉じた。「そして目に見える神とは一匹の金色の竜なんだ。竜の鱗《うろこ》の一枚一枚が黄金に輝いているんだよ」と男は言った。「さて、この竜の鱗には何が輝いているんだろう」

俺はアイボリー・ボールが転がる音を聴きながら黄金に輝いている竜を想像してみようとした。太陽みたいに輝いている巨大な竜を思い浮かべようとした。その鱗には何が輝いているかだって？　単純に答えればいいんだ。子供みたいに単純な方向に。そうやって少しずつリズムを取りもどしていくんだ。

「カネ」と俺は言った。でもカネは別に欲しくないんだ。

「まったくその通りだ」と男は言った。「ただもう少し優雅に貨幣と呼ぼうよ。プレイヤーがどれだけ貧しい精神の持ち主でも、ギャンブルは優雅でなくてはいけないんだ。それが貧しい者をより貶《おとし》めるんだからね。竜の話をしよう。黄金に輝く巨大な竜の鱗は貨幣でできている。数千年に及ぶすべての価値はその鱗に輝いている。その竜はあらゆる竜のなかでもっとも強大なんだ。僕の言うことを繰り返してくれないか」

俺はその言葉を繰り返した。ソノチカラハ諸事物ノ一切ノ価値ヲ転倒スル。

「金色の竜の名前を知ってる？」と男は言った。「ニーチェの書いた『ツァラトゥストラ』に竜の名前が記してある。『なんじ、なすべし』、それが竜の名前だよ」と男は言った。「黄金になぜ価値があるんだろう？　それはなんじ、なすべしだからだ。なぜ人は労働するんだろう？　それはなんじ、なすべしの竜がいるからだ。黄金がなければ人類はいまだに猿のままだよ。人類が生まれるためにはなんじ、なすべしの竜が不可欠なんだ。それは人類に与える。欲望を与える。生産を与える。消費、労働、支配、統制、勝利、隷属《れいぞく》、とにかくすべてを与えるんだ。でも黄金だけだったらそれはまだ鱗が存在しているにすぎない。竜が存在するためには貨幣が必要なんだ。貨幣が存在してはじめて巨大な竜がこの世界に出てくるんだ。貨幣は贋《にせ》の黄金だよ。そして現実は贋金で造られなくてはならないんだ」

スキンヘッドの男は苦しそうに咳き込み、いろんな薬を口に入れるとグラスの水といっしょに飲んだ。それから男はドーナツを食べはじめた。それは俺も食べたことのある種類のドーナツに見えた。男が前かがみになってドーナツをほおばったせいで砂糖の粒がホイールの上にぱらぱらと落ちた。男がなかなかホイールをまわさないので俺は自分でやることにした。ホイールが回転して、アイボリー・ボールの転がる音が聴こえる。喉がひどく痛む。その奥の方で血の味がする。俺は28、29、30の三目賭け《ストリート》に小石を置く。男がドーナツを食べるのをやめて紙ナプキンを俺に差しだした。細い指には鉛筆もはさまっている。

「僕の絵を描いてくれないかな」と男は言った。猟銃をかかえ直して俺の心臓のあたりに銃口を当てた。俺は目や喉の痛みとかせり上がってくる胃液をこらえて、自分でルーレットのホイールを回転させた。アイボリー・ボールの転がる音を聴きながら男の顔を鉛筆で描いた。紙粘土めいた質感のスキンヘッドにとがった鼻。それからぎょろぎょろした目。俺はきちんと描こうとした。でも描き続けているうちにそれはどんどんゆがんでいった。

「僕は純粋賭博者処刑装置というものを夢見たことがあるんだ」と男は言った。ジュンスイトバクシャショケイソウチ。「いちばん深くそれを夢見たのは一九四五年頃だよ。第二次世界大戦が終わったあたりだったな。生きることの意味は理想の牢獄を造ることなんだ。君もそう思わないか？　人間の精神は理想の処刑装置を夢見る装置でできている。そして処刑は希望を消滅させることで完成する。希望はすべて消滅しなくてはならないんだ。なぜって、世界はすべての希望が消滅する地点へと進んでいるからだよ。僕が考えた装置の仕組みはこうだ。透明な箱のなかに銃を入れるんだ。それがネズミみたいに箱のなかを移動する。ある法則のもとで太陽と重なり合うとそこから銃弾が発射される。太陽から銃弾がやってくるなんてとてもきれいだろう？　君もそう思うよね？　純粋賭博者処刑装置のなかで人は消滅する。銃が箱の四辺をすべるように走り、箱のなかの椅子に座った人間は恐怖と絶望に満ちた味わいのある顔つきをして銃弾を待つんだ。箱のなかに光が差してくればもちろん恐怖はより深いものになる。まるで太陽を相手にしたロシアン・ルーレットなんだ」

男は喉に空気がつかえているみたいな声で笑った。枯葉が砕けるのに似た音がした。

「処刑を夢に見続けているうちに僕はそのあまりの美しさに魅入られてしまった。透明な柩《ひつぎ》と太陽の銃弾が僕に絵画を与えてくれたんだ。それは皇帝と戦うギャンブルの絵だよ。でも皇帝とは何だろう」男が俺の耳もとでささやいた。

俺は黙って絵を描き、そしてときどきテーブルの上のホイールを回転させた。

「もはやこの世に皇帝はいない、羊と羊飼いしかいない、と言う者がいる。ちがうよ。それはまちがっている。君の太陽を奪う者がいればそれが君にとっての皇帝なんだ。君はそれと賭けをする。それと賭けをしなくてはならない。装置のなかで死ねば太陽を得たことになるし、生き残れば太陽を失ったことになる。純粋賭博者処刑装置はもはや賭けと処刑のためだけの装置ではなくなったんだ。それはひとつの美で、ひとつの掟《おきて》にもなった。だから僕はそれを『死と偶然と光の箱』と名づけることにした」男はそう言って自分のクレーターができているみたいなでこぼこした額をなでた。「その名を繰り返せ」突きつけられている銃口が俺の喉のところにまで上がってきた。俺はその言葉を繰り返した。死ト偶然ト光ノ箱。

　男が俺の目をのぞき込んだ。男は相変わらず目をぎょろぎょろとうごかしていた。

「結局、僕はその装置を造らなかった。自分の夢見た純粋賭博者処刑装置を造らなかったんだ。僕はその彫刻を夢のなかに置きざりにした。どうしてそんなことになったと思う？　あらゆる計画の裏には病気が潜んでいるんだ。僕は夢のなかで闇に近づいていく。僕は会話をして、それから賭けをする。男もいれば女もいる。老人や少年や少女もいる。僕はガラスの箱のなかでいろんな人間が処刑されるのを見たんだ。じつにたくさんの人間がそのなかに入った。でも僕は純粋賭博者処刑装置を造らなかったんだ。これではまるで現実の話じゃないみたいだね? アハハ。一人の男がガラスの箱のなかに入ってくる。僕は彼と会話をして、賭けをする。彼は死を賭け金にする。僕は彼が欲しいだけの貨幣を賭ける。どんな額でも。不可能だと思う? でも夢のような額を言う者は誰もいないんだ。人間は夢に自分の消滅を賭けることはできないんだ。すべては貨幣なんだ。現実的な貨幣なんだ。貨幣があるから魂が僕のもとに寄ってきてくれる。僕は光がきっかけになって彼の肉に鉛が撃ち込まれて、やわらかい皮膚が破れて、内臓がちぎれ飛ぶのを見る。僕は血がガラスを伝わって暗い土のなかに吸い込まれるのを見ている。僕は欲望がもっと渇くのを待っている。限界をずっと越えたところまで侵入しようとする。そしてあるときようやく僕は装置のなかに入る。賭けと貨幣の秘密に触れようとする。それはどんなにねじ曲がった性的欲望よりも強いものなんだ。強烈な快楽がそこで襲ってくる。

この話、君にもわかるよね？　でもそのときに森から潮が引いていくみたいに光が失われていった。眼球が引きずりだされる感覚がした。それは本当にひどかった。鼓膜が破裂したみたいな耳の痛みもずっと続いた。くちびるに何かが流れてきてそれは僕の鼻から流れでた血だった。でもいちばんひどいのは目の痛みだった。突然に僕は色を失ってしまった。そして僕には太陽が影にしか見えなくなったんだ。暗い穴がいつも僕をのぞいている。僕は奪われている。それはいつも僕を監視している。それはいつも僕を監視している。生きることは理想の牢獄造りだよ。装置のなかで死ねば太陽を得たことになるし、生き残れば太陽を失ったことになる。それはその通りなんだ。ところで絵はできた？　描き終えたら僕に見せて」

　俺は紙ナプキンに描いた男の絵を渡した。ぐにゃぐにゃに溶けた黒い線のかたまり。

「これが僕なんだね」男は絵をなめるように眺めた。それから絵の上にコーヒーをかけた。男は大きく口を開いて舌を出して、ウサギでも呑み込むみたいにゆっくりと自分の絵を口のなかに押し込んだ。男はどこを見つめているのかわからない目つきで絵を食った。それからまた話を続けた。僕は会話をし、ふさわしいと思った者とだけ賭けをするんだ、と言った。

俺はホイールをまわしてアイボリー・ボールの転がる音を聴く。そして俺はリズムを取りもどそうとする。いつでも落ちていきそうな体勢で這い上がるルートを探す。岩壁をよじ登ろうとする奴みたいな感覚。ホイールを回転させようとして手を伸ばす。左手の薬指の付け根に赤い輝きがある。それは赤く輝いている。それはサージウスだ。血液色をした石。薬指に埋め込んだサージウスは波打っている心臓みたいに見える。それを見てスキンヘッドの男が何かを言う。でも俺はそいつの言葉をもう聞いていない。俺は別のことを考えている。ずっと昔の記憶を思いだしている。その記憶は赤い輝きに合わせて俺の血管や神経からゆっくりと浮き上がってくる。胃を通り、喉を通って、それから頭に侵入する。

俺はその光景を見ている。

子どもの頃の話だ。小学生の頃。田舎に住んでいた。仲のよかった友だちが一人いた。ツツミ君。そう、ツツミ君という名前だった。成績はクラスのなかでたいていいちばんで、何についても要領のいい奴だった。ツツミ君と俺はよくいっしょに遊んでいた。ほかにも数人の仲間たちがいた。俺たちは畑でアゲハ蝶の幼虫をつかまえた。それは緑色のやわらかいからだをしたイモムシで、とにかくやわらかくてくねくねしていた。頭の先端に大きな目玉模様があった。俺たちは幼虫を使ってレースをすることを思いついた。はじめは自分のつかまえた幼虫がどれだけ速いかを競い合っていた。うごきがとまると木の枝でつついた。そしてツツミ君がそのレースをひとつ先へ押し進めた。きちんとしたレーンを地面に描き、幼虫には番号をつけた。競馬場のサラブレッドみたいなものだ。それで俺たちは賭けをした。2―1とか、3―4とか。はじめのうちはやっぱり十円くらいしか賭けられなかった。でも少しずつ賭け金が上がっていって、百円が五百円になり、ツツミ君の提案で全員が千円を賭けるときもあった。レースはエスカレートした。俺はどうにかカネを用意した。やがて俺やほかの仲間がついていけなくなった。やってられない。小学生だからカネなんてない。数人がレースを降りると言いだした。ツツミ君は目を真っ赤にして黙っていた。じっと何かに耐えていた。そしてツツミ君はもういちどだけ幼虫のレースをやりたいと言った。おカネは賭けなくてもいいよ。その代わりに、とツツミ君は言った。俺はその光景を思いだしている。それは浮き上がってくる。俺はそれをじっと見ている。ツツミ君はレースで最下位になった幼虫をばらばらにする。緑色のやわらかいイモムシのからだを工作用のハサミで刻む。体液が流れだす。断片になった幼虫のからだはそれでもまだうごいている。彼は幼虫をばらばらにした。その夜俺は眠れなかった。ばらばらになったやわらかい断片が頭の奥でうごいていた。その夜に俺は何をしたのか覚えていなかった。すっかり忘れてしまっていた。記憶に穴が開いていた。でもそれは今になって浮き上がってくる。夜になって、俺は自分の手に釘を刺している。釘を刺して引き抜いてみる。そこからたっぷりした血が流れだしてくる。目を閉じるとばらばらにされた幼虫が浮かび上がる。そして小学生の俺は血のあふれてくる手の穴にもう一度釘を刺してみる。そこに釘がぴったり収まるかどうかを確認するつもりでそれをやっている。

ルーレットをやろう。俺はホイールをまわす。アイボリー・ボールが転がる音がする。蒼白い焔が見える。俺は五目賭け《ファイブナンバー》のところに小石を置く。1、2、3、0、00。出た目は00だ。俺はまたホイールをまわす。蒼白い焔が見えて、それから数字が見える。0、00、1、2。数字。123456789。蒼白い焔と数字。10、11、12、13、14、15、16、17、18、19、20、21、22、23、24、25、26、27、28、29、30、31、32、33、34、35、36。俺はリズムを探している。赤い石が左手に光っている。俺はホイールをまわす。そしてアイボリー・ボールの転がる音を聴く。

「君は僕ととてもよく似ているんだ。僕が望んだのはたぶん君みたいな——」とスキンヘッドの男が言う。「僕を撃ってみないか？」男が笑いながら俺の目をのぞき込もうとした。男は相変わらず目をぎょろぎょろとうごかしていた。

「生き残ることと生き延びることのちがいがわかるか？」

　俺はホイールを回転させて、いろんな数の組み合わせに小石を置いていった。1から36までの数字。それに0と00。赤と黒。生き残ることと生き、延、び、る、こ、と、の、ち、が、い、が、わ、か、る、か？　と男は言った。俺はホイールをまわし続けた。手には赤い輝きが波打っていた。男が顔を俺の鼻先にまで近づけた。ぎょろぎょろした目が俺の目をのぞき込んでいた。「僕を撃ってみないか」と男は言った。「そして僕を受け入れてくれ」

「26のストレートアップ」俺はホイールを回転させてそう言った。どうしたんだ、と俺は男に言った。賭けないのか？　誰もあんたを受け入れちゃくれない。

「僕を受け入れてくれ」と男は言った。

俺はホイールが静止しないようにそれをまわし続けていた。泣きごとを言ってないで賭けろよ。さっさとしてくれないかな。それに俺はあんたを撃たないんだ。賭けるんだ。それしかないだろ？　男は猟銃の向きを変えて引き金を引いた。破裂する音がして何かが飛び散った。俺はホイールのうごきが遅くなるのを待って、アイボリー・ボールがどこに止まったのかを確かめた。26。ストレートアップ。でも一人になってしまったらゲームを続けてもしょうがない。地下鉄に乗りたいんだ、と俺は言った。俺はぐちゃぐちゃになった男のシャツから車のキーを取りだしながら言った。ここから地下鉄に乗るにはどう行ったらいいんだよ？

26

きつい日射しのなかでいろんなものが熱っぽくゆらめいていた。暑さに耐えてそのなかを歩いていくしかなかった。目と喉の痛みが治らないので駅のトイレに入って鏡を見た。長く伸びた髪。それにひげ。うす汚れたどうでもいいTシャツ。そこに映っている奴の疲れきったひどい顔。両目が充血していて腫れていた。トイレの水道の蛇口をひねり、その水でうがいをした。吐きそうになってからだを折り曲げた。もう一度鏡を見た。両目が充血して腫れていた。

駅から出ると日射しがさらに強烈に感じられた。息をするのが苦しくて俺は喉に手を当てて歩いた。熱気のなかを歩きながらビルの電光掲示板が表示している気温を見上げた。電光掲示板があるビルの下にはたくさんの人間がひしめきあっていて、熱気にゆらめきながら交差点の信号が変わるのを待っていた。俺はポストカード売りの前で足を停めた。二人はいつもと同じ場所で同じようにポストカードを売っていた。髪の長い男は植え込みに腰かけて人ごみを眺めていた。女は黒いニット帽をかぶっていて、腕にたくさんのアクセサリーをつけていた。街路樹の枝が二人の頭上に伸びていて、それは降り注いでくる光をいくらかさえぎっていた。枝や葉のあいだをくぐり抜けてやってくる光がネットをかたちづくっていた。二人は光のネットのなかにいた。

女が「こんにちは」と低い声で言った。俺のことを覚えているみたいだった。これまで俺は何回ここに来たんだろう。二回？　それとも三回かな？　俺はかがみ込んで一枚のポストカードに手を伸ばした。俺のつめはぼろぼろで、泥みたいなものがそのあいだにはさまっていた。これを買うよ、と俺は言った。でもひどく声がかれていてうまく言葉にならなかった。そんなに声がかれているなんて想像もしていなかった。俺はもう一度「これを買うよ」と言った。黒いカードの上に釘で引っかいたような文字が書いてあった。

「三百五十円です」と女は言った。「その作品だけちょっと高いんだけど」

俺は財布を探した。財布はどこにもなかった。「財布を忘れてしまったみたいなんだ」と俺は言った。「カネは明日持ってくるよ」

女が俺の顔をじっと見て、後ろにいる男の方を振り返った。男は黙って首を振った。

「じゃあ明日また来てくれませんか」と女は低い声で言った。

「カネはあるんだ」と俺は言った。本当に結構たくさんあるんだよ。「明日カネを持ってくるから、これを今売ってくれないか」

街路樹にさえぎられてできた光のネットは風が吹くとゆらめいた。俺もそのなかにいた。何だか光がとてもたっぷりしているように感じられた。

「おカネを払ってもらわないと困るんだけど」と女は言った。女は腕につけたアクセサリーをかちゃかちゃといわせてペットボトルのふたを開け、ゆっくりと水を飲んだ。

俺は黒いカードに書かれている釘で引っかいたみたいな文字を読んだ。諸事物ノアラユル価値――ソレガワガ身ニ輝イテイル。それから、おカネを払ってもらわないと困るんだけど、と俺に言った女の顔を見た。俺はポケットの中身をぜんぶ路上に出してみた。カジノ・チップや折れ曲がったよくわからないカード、それに丸められたレシートがあった。割れたつめの破片もあった。ウェンガーのポケット・ナイフもあった。俺はいつもそれでつめを削っていた。俺はナイフをにぎって先端を左手の薬指に押し当てた。ナイフで付け根を切り裂いた。切り裂いたところからサージウスの石を取りだした。血はたっぷりとあふれてきた。サージウスは赤くてぬるぬるしていた。余分な血が流れ落ちるとすぐに石の表面は光を反射した。確かにこれならカネの代わりになるよな、と俺は思った。少なくとも三百五十円以上はする。サージウスを女の前に置くとポストカードはどうでもよくなってしまった。でも女の悲鳴を聴きながら俺はひさしぶりに確かな痛みを感じ取れた気分になった。計画通りじゃないか。悪くない。たっぷりとした光もあるし、暑さもがまんできないほどじゃない。ポケット・ナイフをマイクにしてしゃべってやろうかな。土くれと赤いサージウスのお話。俺はただの男、死すべき者、太陽を待ち望む者の一人。アハハ。

解説

吉田大助（書評家）

「究《きわ》める」にキワモノ（＝社会の許容範囲すれすれの個性的なモノやヒト）の意味を重ね合わせたペンネームを持つ、佐藤究《さとうきわむ》は、今もっともハリウッドとタイマンを張れる、骨太のエンターテインメント作家だ。

猟奇殺人鬼一家に生まれた高校生の少女が、自室で惨殺された兄の死の謎に迫る、『ＱＪＫＪＱ』（二〇一六年）で第六二回江戸川乱歩賞を受賞し再デビュー。近未来日本で勃発した「京都暴動」に巻き込まれた霊長類研究者が、事件の謎を解く過程で人類の起源にまでタッチする、第二作『Ank: a mirroring ape』（二〇一七年）は第二〇回大藪春彦賞＆第三九回吉川英治文学新人賞をダブル受賞した。

この一九七七年福岡県生まれの作家は、実は二七歳の時に純文学のフィールドでデビューしていた。当時のペンネームは、佐藤憲胤《のりかず》。第四七回群像新人文学賞優秀作を受賞した、純文学作家としてのデビュー作が、このたび一五年越しに初めて文庫化されることとなった『サージウスの死神』だ。佐藤究のルーツは、これだ。

まず気付かされるのは文体、文圧だ。書き出しは、〈いつも通りの日常だった。ただ少しちがったのは、昼食を外に食べにいく時間があったということだけだ〉。徹夜明けの「俺」（のちに明かされる名前は華田克久《はなだかつひさ》）は、ブラック職場という以外に呼ばれようのないDTPデザインの会社で、デザイナーとして働いている。直前までやっていた仕事は、〈秋に備えるメークアップ特選情報。それは俺のような人間にはとても向いている作業とはいえなかった。だが俺がやらなくてはいけない仕事だ。そしてそれは俺の現実だ。現実はゆっくり俺を蝕《むしば》んでいく〉。

一文が短くて、速い。目にした瞬間読み終える、刺さる文章を重ねることで、物語に律動を呼び込み、読者の関心を先へ先へと連れていく。一人称の語りにおける文体とは、文字どおり主人公のボディ、その人物の身体特有の五感であり、心内に渦巻く思弁だ。〈現実に過去を食われ、現在を食われ、未来を食われる。魂はカネを稼ぎながらゆるやかに腐っていく〉。「現実」が彼を蝕むならば、いったいどうすればいい？　物語はすぐさま、回答を差し出す。会社の外へ出た「俺」は、予期せぬ出来事に遭遇する。

〈額に水滴が当たった。雨かと思って俺は空を見上げた。八月の空はよく晴れていた。ビルの谷間を雲が泳いでいた。俺の左側にある十階建てくらいのビルの屋上に人影があった。人影は柵を越えて、ビルの屋上の縁《へり》に立っていた。その人物は太陽を背にしていて、まったくの影にしか見えなかった。そして、なぜだか俺と目が合った。人影は、まるで空に映った俺自身の影のように思えた。影は音もなく俺の方へ落ちてきた〉

　投身自殺の唯一の目撃者となった「俺」は、死んだ男と最後に「目が合った」ことを理由に、「俺があんたを殺したも同然なんだ」と思う。もちろん、そこに因果関係などありはしない。しかし、その認知をあえて採用することで、死を我が身に引きつけ、たった一度きりの生を再認識することとなる。

　他者の自殺をきっかけに、主人公の意識が変容するさまを描き出す。そうした物語は古今東西、決して少なくない。純文学では藤沢周《ふじさわしゅう》の『オレンジ・アンド・タール』（二〇〇〇年）、エンタメでは第三六回横溝正史《よこみぞせいし》ミステリ大賞を受賞した逸木裕《いつきゆう》の『虹を待つ彼女』（二〇一六年）、武田綾乃《たけだあやの》の『その日、朱音《あかね》は空を飛んだ』（二〇一八年）などがある。恋人の自殺が物語の実質的な起点となっているという意味では、村上春樹《むらかみはるき》の『風の歌を聴け』（一九七九年）もそうだ。ジャンルを小説以外にも広げれば、サンプル数は一気に広がる（例えば、黒沢清《くろさわきよし》監督が手がけた二〇〇一年公開の映画『回路』）。物語の王道の導入のひとつ、と言ってしまってもいいかもしれない。しかし、その導入の先で、『サージウスの死神』のような軌道を描く物語はいまだかつて書かれたことがない。

〈目を閉じると空からゆっくりと落ちてくる影が見えた。あの瞬間、俺は何を思った？（中略）この影は俺には当たらない。俺はそう思ったのだ。俺はそう賭けたんだ〉

それに勝ったという成功体験が……いや、彼の生活においてこれまで存在しなかった「賭けた」という経験そのものが、己の人生に本来満ちていたはずの

「リアリティ」を蘇生させる。そして、会社の同僚の仙崎《せんざき》に、思わず「ギャンブルって楽しいか?」と言葉をかける。ギャンブル中毒の仙崎に連れられて地下カジノへ足を運び、ルーレットの台へと辿《たど》り着く。

なぜ他のギャンブルではなく、ルーレットなのか? 競馬やポーカーなど、戦略や知識、勝負勘が重視されるギャンブルとは異なり、ルーレットの勝敗を決定づける要素は「運」もしくは「偶然」だ。だからイヤだという人もいれば、だからこそハマる、という人もいる。ドストエフスキーが『罪と罰』と同時期に執筆した小説『賭博者』(一八六六年)は、ドイツの架空の街ルーレッテンブルグのカジノで、ルーレットにハマる青年を描いたギャンブル小説(というジャンルが世の中にはあるのだ!)の金字塔だ。主人公のアレクセイはルーレットの魅力について、こんなふうに語る。「ぼくのなかにある種の奇妙な感覚が、運命への挑戦とでもいおうか、運命の鼻を明かしてやりたい、運命にべろを出してやりたいという願望が生まれた」(亀山郁夫《かめやまいくお》訳)。

『サージウスの死神』の主人公もまた、日常生活では鳴りを潜めている「運命」の存在を感知し、その「鼻を明かす」ために、地下ギャンブルの行脚《あんぎゃ》を始める。ドストエフスキーの主人公との決定的な違いは、「俺」は脳内でルーレットの玉が落ちる数字を思い浮かべる、という異能を開花させるところにある。こうした展開も、これまでの小説では描かれることのなかった物語の軌道だ。賭ける。勝つ。カネが手に入る。うん、とてもラッキーだ。その能力は発揮できる日とできない日があるとはいえ、できるかできないかは、自分の感覚ではっきりとわかるのだ。でも、百パーセント絶対に勝てることは、果たして「運命にべろを出す」ことなのか？　むしろ、避けようのない運命に隷属してしまっている状態ではないか。

再び人生の「リアリティ」を喪失した主人公の前に、死神の雰囲気をまとった人物が現れる。その人物の前では、必勝のルールが通用しない——。そこから先の展開は、実際に読んで確かめてみてほしい。

率直に書こう。本作が佐藤究のルーツであり、『ＱＪＫＪＱ』や『Ank: a mirroring ape』と共鳴するゆえんは、エッジの効いた文体で矢継ぎ早に畳み掛けてくる物語の運動量であり、そして何よりも、人間存在の生と死を巡る思弁の豊かさにある。もしかしたら佐藤究にとって小説は、「人類とは何か？」

という問いに関する、ある種の研究発表の場ではないか。そこには哲学のみならず、科学の感触があり、詩の響きがある。〈詩とは、目に見えるものの向こう側を見通す力のことである〉（理論物理学者カルロ・ロヴェッリの著書『時間は存在しない』より、冨永星《とみながほし》訳）。このような状況に陥ったら、人間はどうなる？　どう考える？　フィクションならではの「あり得ない」状況設定を作り、その中で主人公たちに試行錯誤を繰り返させることで、現実世界にも「あり得る」何かを取り出すことに成功している。

〈ギャンブルは人間の心をえぐりだすんだ。えぐりだされたものはたいてい卑しくて醜いもので、それは悪臭を放っているヘドロみたいなものだ。それはそれでいいんだ。でもそれ以外にもいろんなものが現れてくる。この世界で発見されていない物質は人間の心のなかに埋まっている。それをえぐりだすのは宗教でも科学でもない、ギャンブルだ〉

優れたフィクションの創造主は、事前に物語の設計図を詳細に思い描いていたとしても、ある段階で「サイコロを振る」。出た目に驚き、その目に従って物語を構成し直す過程で、自身の想像を超えた世界を作り出す。そして、主人公たちの選択と運命に寄り添い、その責任を負う。それはギャンブルと似てはいないか？　確かに、〈この世界で発見されていない物質は人間の心のなかに埋まっている〉。だが、それを〈えぐりだす〉のは、ギャンブルだけではない。フィクションもそうだ。小説が、そうだ。この一文こそが、佐藤究のルーツだ。

最後に一点だけ、純文学として発表された『サージウスの死神』（および、純文学作家時代の二〇〇九年に刊行された作品集『ソードリッカー』）と、『QJKJQ』『Ank: a mirroring ape』との違いを記しておきたい。純文学作品は基本的に、主人公が冒頭で強烈な体験をした以後の、精神の変容を描いている。しかし、エンタメ登録された二作では、冒頭で強烈な体験をするところまでは同じだが、そこから主人公は強烈な体験そのものに着目し、その事件や現象が起こった理由を追求する方向で物語が進展していく。その結果、主人公の生を描く純文学作品は必然的にオープンエンドになり、解くべき謎を擁するエンタメ作品は、決着感のある大団円を迎えることとなる。読み心地はずいぶん違うのだ。にもかかわらず、同じ人物が書いたものであるという感触が持続していること、その現象の中に、佐藤究という作家の真髄が秘められている気がしてならない。さきほど、それは「人間存在の生と死を巡る思弁の豊かさ」と記したが、読み手によっては違った何かを感知することだろう。

『Ank: a mirroring ape』発表から、二年半が経った。この期間、佐藤究はさまざまなジャンルの雑誌から舞い込んだ執筆依頼を引き受け、その当然の帰結として、まったく相貌《そうぼう》が異なる短編を次々に発表してきた。それらが一冊の短編集としてまとまったならば、純文学かエンタメかといった畑の違いを飛び越え、小説界にディープインパクトを与えることになるだろう。ずいぶん前から、大長編も執筆中だと聞く。

意見を変える準備はできている。次作、次々作を読んだところでまた改めて、佐藤究の作家性の真髄を語り直したい。

●本書は二〇〇五年五月に、小社より刊行されました。
文庫化にあたり、一部を加筆・修正しました。

|著者|佐藤 究　1977年福岡県生まれ。2004年に佐藤憲胤名義で書いた本作が第47回群像新人文学賞優秀作となりデビュー。'16年『QJKJQ』で第62回江戸川乱歩賞を受賞。'18年、受賞第一作の『Ank: a mirroring ape』で第20回大藪春彦賞および第39回吉川英治文学新人賞のダブル受賞を果たす。

サージウスの死神《しにがみ》

佐藤《さとう》 究《きわむ》

講談社文庫

定価はカバーに表示してあります

2020年4月15日第1刷発行

発行者――渡瀬昌彦

発行所――株式会社 講談社

東京都文京区音羽2-12-21　〒112-8001

電話 出版 (03) 5395-3510

販売 (03) 5395-5817

業務 (03) 5395-3615

Printed in Japan

デザイン―菊地信義

本文データ制作―講談社デジタル製作

印刷――豊国印刷株式会社

製本――株式会社国宝社

ISBN978-4-06-519280-1

講談社文庫刊行の辞

二十一世紀の到来を目睫に望みながら、われわれはいま、人類史上かつて例を見ない巨大な転換期をむかえようとしている。

世界も、日本も、激動の予兆に対する期待とおののきを内に蔵して、未知の時代に歩み入ろうとしている。このときにあたり、創業の人野間清治の「ナショナル・エデュケイター」への志を現代に甦らせようと意図して、われわれはここに古今の文芸作品はいうまでもなく、ひろく人文・社会・自然の諸科学から東西の名著を網羅する、新しい綜合文庫の発刊を決意した。

激動の転換期はまた断絶の時代である。われわれは戦後二十五年間の出版文化のありかたへの深い反省をこめて、この断絶の時代にあえて人間的な持続を求めようとする。いたずらに浮薄な商業主義のあだ花を追い求めることなく、長期にわたって良書に生命をあたえようとつとめるところにしか、今後の出版文化の真の繁栄はあり得ないと信じるからである。

同時にわれわれはこの綜合文庫の刊行を通じて、人文・社会・自然の諸科学が、結局人間の学にほかならないことを立証しようと願っている。かつて知識とは、「汝自身を知る」ことにつきていた。現代社会の瑣末な情報の氾濫のなかから、力強い知識の源泉を掘り起し、技術文明のただなかに、生きた人間の姿を復活させること。それこそわれわれの切なる希求である。

われわれは権威に盲従せず、俗流に媚びることなく、渾然一体となって日本の「草の根」をかたちづくる若く新しい世代の人々に、心をこめてこの新しい綜合文庫をおくり届けたい。それは知識の泉であるとともに感受性のふるさとであり、もっとも有機的に組織され、社会に開かれた万人のための大学をめざしている。大方の支援と協力を衷心より切望してやまない。

一九七一年七月

野間省一

講談社文庫 最新刊

門井慶喜
銀河鉄道の父
宮沢賢治の生涯を父の視線から活写した、究極の親子愛を描いた傑作。直木賞受賞作。

西尾維新
新本格魔法少女りすか
小学生らしからぬ小学生の供犠《くぎ》創貴《きずたか》と、『赤き魔女』水倉《みずくら》りすかによる、縦横無尽の冒険譚！

江上剛
参謀のホテル
〈ラストチャンス〉
老舗ホテルの立て直しは日本のプライドの再生だ！ 再生請負人樫村が挑む東京ホテル戦争。

風野真知雄
潜入 味見方同心㈡
〈陰膳だらけの宴〉
将軍暗殺の動きは本当なのか？ 魚之進は城内潜入を敢然と試みる！〈文庫書下ろし〉

大沢在昌
鏡の顔
〈傑作ハードボイルド小説集〉
『新宿鮫』の鮫島、佐久間公、ジョーカーが勢揃い！ 著者の世界を堪能できる短編集。

堀川アサコ
幻想蒸気船
浦島湾の沖、人知れず今も「鎖国」する島があるという。大人気シリーズ。〈文庫書下ろし〉

川内有緒
晴れたら空に骨まいて
弔《とむら》いとは、人生とは？ 別れの形は自由がいい。生と死を深く見つめるノンフィクション。

佐藤究
サージウスの死神
ルーレットに溺れていく男の、疾走と狂気。乱歩賞作家・佐藤究のルーツがここにある！

下村敦史
緑の窓口
〈樹木トラブル解決します〉
樹木に関するトラブル解決のため、美人樹木医が謎に挑む！ 注目の乱歩賞作家の新境地。

千野隆司
大酒《おおざけ》の合戦
〈下り酒一番㈣〉
卯吉の案で大酒飲み競争の開催が決まるも、様々な者の思惑が入り乱れ!? 〈文庫書下ろし〉